借給朋友500圓，他竟然拿妹妹來抵債，我到底該如何是好

2

としぞう
插畫 雪子

Kadokawa Fantastic Novels

I lent 500 yen to a friend,
his sister came to my house
instead of borrowing,
what should I do?

插畫　雪子

CONTENTS

第1話 關於我跟朋友妹妹同床共枕這件事

我突然想起「自己以前的夏天都是怎麼度過」這個問題。

去年還是個考生，每天都在念書，至於更久以前的夏天……好像已經想不太起來了。

這不是因為我的記憶力很差，也不是因為沒有什麼重要的回憶——而是因為今年夏天發生的變化實在太大。

而且這種變化不是過去式，而是現在進行式。

「嗯……」

在沒有其他客人的店裡，就連細微的悶哼聲也能聽得很清楚。

咖啡廳「結」最裡面的座位，現在完全變成她的貴賓席了。

「小朱莉，要不要休息一下？」

我把續杯的咖啡擺在桌上，問了這個問題。

剛開始的時候，總以為她是看著桌上的課本題目陷入沉思，所以只在一旁看著，但我現在知道這單純是她注意力耗盡的訊號，就不會顧慮這麼多了。

「啊，謝謝學長！」

眼前的女孩——宮前朱莉不再愁眉苦臉，對我露出燦爛的笑容。

不管在任何人眼中，她應該都是一位無可挑剔的美少女吧。我當然也這麼認為。

她和我的關係在這兩個星期變得親密許多。雖然這段期間不是很長，但她這個人已經完全融入我的日常生活——不過，她的美麗與可愛……就是那種無法抵擋的魅力，自己至今依然無法適應。

不對，反倒變得更加——

「學、學長，怎麼了嗎？一直盯著我看……」

小朱莉羞怯地這麼說，讓我猛然回過神來。

她的臉頰微微泛紅，眼神漫無目的到處亂飄。

「哇，抱歉！」

我心中湧起一股罪惡感，忍不住開口道歉。

「啊，那個……我完全沒生氣……！如果學長不介意，可以稍微聊聊嗎？」

「聊、聊聊？」

「絕、絕對不是要對你訓話喔！雖然前面的對話可能會讓你有這種感覺……！」

小朱莉趕緊這樣補充說明。自己確實有一瞬間以為她要責怪我不夠貼心，為此緊張了一下。

不過，就算她沒有那種意思，我現在也還在打工。

要我和以客人的身分來這間咖啡廳的小朱莉慢慢聊天，實在有點不太妥當——

於是我看向吧檯，發現店長看著這邊點了點頭。

看來他似乎要我把客人的要求擺在第一位。畢竟現在剛好沒有其他客人。

「也好，假如這能幫妳放鬆心情，我非常樂意。」

「當然可以！我反倒認真起來了！」

「那不就造成反效果了嗎！」

我說著無關緊要的蠢話，在她對面坐下。

桌上那些上下顛倒的課本題目，我現在還勉強看得懂。畢竟自己去年也走過這條路呢……要是超過一年都在準備考試，結果只過了半年就全部忘光，還是會讓人覺得沮喪。

「書念得還算順利嗎？」

「很順利，完全沒問題！」

真不愧是全校公認的資優生……

她對這些題目的理解，當然也遠遠高過考試當天的我吧。

「不過，我曾想過要考一次模擬考看看。」

「咦？是這樣嗎？」

「這樣也能給父母一個交代，讓他們知道我不是來哥哥這邊玩的。」

我記得小朱莉現在表面上是住在她哥哥昴的家裡。

不過，昴正在參加駕訓班的集訓，她沒有住在昴家裡，而是——

「來，小求，這是你的咖啡♪」

其他女性的聲音傳進耳中，打斷我的思緒。

這位不知為何露出不懷好意笑容的女性，就是同樣在這間咖啡廳打工的結愛姊。

雖然我們一樣都是員工，她可是店長的女兒，所以不能算是兼職人員。

「我爸叫你直接休息。不過，如果有客人上門就得請你回來工作了。」

「好的，我知道了。」

「喂，小求，你對我說話這麼客氣是什麼意思？」

結愛姊用手肘碰了碰我的肩膀，不開心地嘟起嘴巴。

儘管她的態度像是在耍脾氣，其實應該又是在捉弄我吧。

畢竟按照她這種說法，倘若我一開始就用不客氣的口氣說話，她也會巴我的頭挑語病說「你怎麼能對前輩說話這麼不客氣」吧。自己當然早就體驗過了。

「不是有句話說『對最親近的人也要有禮貌』嗎？」

「討厭啦。你是說，我是最親近的人嗎？這孩子真是討厭！我們可是堂姊弟喔？你這個人小鬼大的傢伙～！」

她好煩……

結愛姊變得莫名興奮，而且最後還是故意挑我語病。

雖然無法否認我們兩人是堂姊弟的事實，但她從以前就喜歡把我當玩具——

就在這時，我不經意地與對面的小朱莉四目相對。

「…………」

唔……！

小朱莉面帶笑容盯著我看。即使面帶笑容，卻不知為何讓我覺得壓力山大……！

「學長，你們的感情真好呢。」

「咦，呃……這樣應該不能算是感情好吧？」

「那你們慢慢聊吧～♪」

「結愛姊！妳這個來搗亂的傢伙怎麼可以不負責任！」

結愛姊背對著我們輕輕揮了揮手，就這樣回到廚房了。

現場只剩下不知為何不太高興的小朱莉，還有惹她不高興的我。

「那個……小朱莉……」

「學長。」

當我覺得自己必須說些什麼，正準備開口時，小朱莉一句話就打斷了我。

「我認為就算是堂姊弟，太過親密也不是件好事。」

「不，我跟結愛姊並沒有那麼親密──」

「這不是好事。」

「是、是的……」

她的話語強而有力，讓我不由得挺直背脊。

「而且結愛姊也有不對！她明明說過會幫我加油──」

「幫妳加油？」

「啊……！這個嘛……對了，是考試！她是說考試的事情啦！」

我想也是。

就算結愛姊是個自由奔放，我行我素的人，也還是具備這種程度的常識。

我立刻就接受這個說法，但小朱莉卻像是說錯話般羞紅著臉。

「這不是很合理嗎！畢竟我可是考生！你覺得她還有其他需要幫我加油的事情嗎？應該沒有對吧！」

「我、我也覺得沒有……！」

我被她的氣勢壓倒，只能不斷地點頭。

不過聽她說得這麼緊張，總覺得另有隱情——

當我瞞著小朱莉偷偷思考其中的隱情時，聽到某種東西拍打窗戶玻璃的聲音。

「下雨了……？」

小朱莉同樣聽到這聲音，轉頭看向窗戶，小聲這麼說道。

雨勢就像把水龍頭開到最大一樣，轉眼間就變得十分激烈。

「傷腦筋，這是午後陣雨嗎？」

結愛姊從廚房裡走出來，對店長說了這句話。

雨是服務業的頭號敵人。雖然也會有客人跑進來躲雨，但客人通常都會變少。尤其現在是中午的客人早就離開，等待常客在傍晚上門的空班時間。就算是常客也很少有人會特地在下雨天來光顧。

「看來今天有一段時間都不會有客人上門了……希望回去的時候不要下雨。」

我小聲呢喃，這算是自言自語，也算是在跟小朱莉閒話家常。

相較之下，小朱莉的臉色不太好看，茫然地望著打在窗戶上的雨水。

「小朱莉，怎麼了嗎？」

「怎麼辦……得快點回去才行……！」

「咦？妳是說現在嗎！先等雨停不是比較好嗎？」

「嗚……可、可是……」

小朱莉露出快要哭出來的表情，輪流看向窗外和我的臉，感覺就像是一個害怕被父母責罵而有所隱瞞的孩子。

「難道說，妳正在晾衣服嗎？」

「嗚！就、就是這麼回事……」

就算洗好的衣服被雨水弄髒，我也不會生氣，但小朱莉依然沮喪地垂著肩膀。

「咦？小朱莉要回去了嗎？」

就在這時，結愛姊再次來到我們這邊。總覺得事情將會變得更麻煩……！

「嗯……原來如此，我都明白了。」

結愛姊看著小朱莉和我點了點頭，彷彿想通了什麼——

「決定了，求，你也回去吧！」

「啥！」

「外面的雨下得這麼大。要是讓急著回家的她獨自出去，很有可能出事或受傷，這樣不是很危險嗎？你要負責好好送她回去！」

結愛姊居然說出了正經話……！

當我為此受到震撼時，結愛姊動手脫掉我身上的圍裙，將兩把傘塞到我們手上。

「反正就算求不在店裡，感覺也應付得過來。小朱莉應該也不反對吧？」

「是、是的……！」

結愛姊變得和剛才截然不同，條理分明地做出指示，看起來像是變了個人……不過這樣說不定很符合她的個性。

她本來就是個頭腦聰明又穩重可靠的大姊姊——只是因為我更常被捉弄，才會不想承認這個事實。

然而，自己現在很感謝她。

「那我就不客氣了，也謝謝伯父的好意！」

懷著對他們兩人的感謝，我在這陣大雨中帶著小朱莉一起離開咖啡廳。

◇◇◇

我們兩人一起回家。

就如同現在這種狀況，我跟小朱莉回家的路線剛好一樣——正確來說，我們住在同一間房子裡。

她算是……暫時借住在我家的客人吧。

名義則是「來當她哥哥債務的抵押品」。

雖然這樣聽起來，別人可能會以為我是個超級大壞人，但自己並沒有要求她哥哥把小朱莉交出來，甚至還覺得那筆錢不用還也沒關係。

畢竟我借給他的錢就只有區區五百圓！

絕對沒有看不起這筆錢，況且這也絕不是需要獻上親妹妹當抵押品的金額！

然而——

「謹遵哥哥吩咐，小女子來擔任抵押品了。今後還請學長多多指教！」

這女孩——宮前朱莉突然來找我，還挺直著背脊，一臉理所當然地說出這句話，直到今天都還住在我家。

而且還是住在我這個男人獨自居住的套房裡。

區區五百圓不過就是工作一天……不，是只要工作一小時就能賺到的金額。

　事實上，小朱莉住在我家的同時，也會幫忙做飯、洗衣服和打掃……幾乎是一手包辦所有家事。

　可是，小朱莉卻找了許多看似合理的理由，像是利息或寄住我家的花費等等，讓這筆五百圓的債務怎麼都還不完，而且她說這些話的時候看起來還很開心。

　不過老實說，小朱莉住在家裡幫了我不少忙也是事實。能感覺到原本那種邋遢的獨居生活，明顯變得舒適許多。

　雖然她現在是高中三年級的學生，而且還是個考生，增加對方的負擔讓人有種罪惡感，但要是她不在了，我很懷疑自己是否還能回到原本那種真正的獨居生活。

　而且還不只是這樣——

「啊——！」

「唔！小朱莉！」

　我們才剛回到公寓，小朱莉就率先衝進房間裡，發出了慘叫聲。聽到她的叫聲，我也慌張地衝進房間裡。

「求、求學長……」

　小朱莉眼角含淚，用顫抖的手指指著某樣東西——

「啊……」

看到拿去陽台曬乾的寢具，被大雨徹底淋濕的樣子，連我都不由得看傻了眼。

原來如此……小朱莉會這麼慌張，就是因為她正在曬寢具嗎？

「總、總之先把寢具拿進來再說！」

「可是，這樣連房間裡面都會濕掉……」

「呃……那就把它搬到浴室吧！」

既然寢具已經濕成這樣，就算趕緊收起來也無濟於事。雖然等到雨停再收比較好……但看到小朱莉那種苦惱的表情，我就連一秒都不想維持現狀。

我迅速抱起寢具，筆直衝到浴室並把棉被丟進去。

即便可能多少會有些水滴在地板上，這樣應該就能讓傷害降到最低了……！

「嗚嗚……」

「咦！」

順利收好寢具讓我鬆了口氣，但也維持不了多久。

小朱莉不知為何眼角含淚低下了頭。

「我總是在給學長添麻煩……」

「不，沒那種事喔！妳幫了我很多忙！而且天氣預報也沒說今天會下雨嘛！」

儘管已經習慣跟她在一起了，但這不代表習慣看到她哭泣。

即便理由非常荒唐，我也必須負責照顧朋友的妹妹。就算年紀只差一歲，自己也還是她的長輩。

只要小朱莉還住在這裡，我就不想讓她感到悲傷，希望儘量讓她保持笑容。

……昴應該更清楚這種時候該怎麼安慰她吧。就只有今天，自己實在免不了要羨慕那個無比開朗的朋友。

「總之，既然事情已經發生，那就沒辦法了。寢具就等到明天再重曬吧。呃……現在是不是應該先用毛巾吸乾濕氣？」

我故意說出在電視上學到的知識，硬是繼續延續話題。

可是，憑這種不清不楚的安慰話語，果然無法讓小朱莉的表情變得開朗。

「呃……不好意思，我剛才有說錯嗎？」

「沒、沒有！照學長說的去做就行了，可是……」

小朱莉使勁搖頭否認，但她似乎還有所掛念，像是被父母責備的孩子般低下頭。

到底是什麼事情讓她掛念？畢竟今天只洗了寢具，其他東西都沒洗……

「啊……」

對了。不是因為沒洗其他東西……而是因為寢具不能用了。

「今晚該怎麼辦呢？」

「嗚……！」

小朱莉的肩膀猛然抖動。看來這才是她擔心的事情。

她今天是把自己的寢具拿出去曬。那是為了在這個夏天住在我家而買的，所以當然只有一套。

既然那套寢具不能用了，她今晚該睡在哪裡就成了問題……

「沒、沒問題，我可以睡在地板上……！」

「不，那樣太難睡了啦！我家可是木頭地板耶！」

「可是……」

「對了，只要去一趟自助洗衣店，就能用烘衣機——」

雖然覺得自己想到絕佳的解決之道……但從剛才就一直傳進耳中的滂沱雨聲，讓我有種不好的預感。

「雨是不是愈下愈大了……？」

「……是啊。」

原本還以為這場天氣預報沒提到的陣雨很快就會停，不過這場陣雨不但沒有停，反倒變得愈來愈大。

這樣實在無法去自助洗衣店……就算把棉被烘乾了，應該也會在回來的路上再次弄濕。

（要是我們沒有急著回來，而是留在「結」躲雨，說不定就能在伯父家借住一晚……不，現在想這個也沒用了。）

就算說出這種毫無意義的臆測，也只會變得像在責備小朱莉。

重點是我們今晚該怎麼辦……可是……

「總之，今晚就讓我睡在地板上吧。」

「不可以！學長畢竟是屋主，怎麼可以睡在地板上呢！」

唉，考慮到小朱莉的個性，早就知道她會這麼說了。

但我也不能讓客人，而且還是女生睡在堅硬的地板上。

「不過仔細想想，因為睡地板不太方便，只能讓她睡在我床上了嗎……？」

「睡、睡在學長床上嗎！」

我說話的音量明明很小，幾乎可以算是自言自語，小朱莉還是立刻做出反應。

「讓我睡在學長床上……」

然後她定睛看著床鋪。

雖然我這邊看不到她的表情，還是可以在那頭柔順的秀髮底下，隱約看到她變紅的耳朵。

（她該不會覺得我在性騷擾吧……！）

只要換個解讀方式，那句話聽起來確實像是我想引誘她做壞事。

「等等，小朱莉，我不是那個意──」

「對啊……！我今晚也只能睡在學長床上了吧……！」

「小、小朱莉？」

「我想到一個好主意呢！」

小朱莉猛然回過頭來，雙眼閃閃發亮，用堅定的口氣這麼說：

「只要我們兩個睡在同一張床上就行了喔！」

「…………妳說什麼！」

「因為不管怎麼想，我的棉被今晚絕對乾不了，但又不能讓學長睡在地板上！要我睡在地板上當然也沒問題……畢竟現在這種情況是自己造成的，我覺得這麼做還比較合理──」

「我絕對不會讓妳那麼做的！」

「……當然，我也早就知道學長會這麼說了。」

小朱莉露出微笑。

就跟我剛才猜得到她會怎麼說一樣，她也早就猜到我會怎麼說了。

可是就算這樣，要我們同床共枕還是不太妥當。

「學長，今晚要委屈你了……」

「沒那種事，倒是妳不會覺得不情願嗎？」

「我完全不覺得不情願喔。畢竟是跟學長一起睡覺啊。」

「妳竟然說得這麼輕鬆……」

「我反倒想問問學長……會不會覺得很不情願……？嗚嗚，畢竟我是個笨女孩，沒預想到午後可能會下雨，還把棉被拿出去曬……」

「我根本沒說過那種話吧！」

「原來我對學長而言就只是個不願意睡在同一張床上的髒東西……就只是個不值一睡的女人……」

「對不起！我睡！我願意跟妳睡在同一張床上！」

看到小朱莉垂下肩膀，渾身散發出陰沉氣息的樣子，我趕緊低頭認輸。

雖然不是很懂「不值一睡」到底是什麼意思，但要是放著她不管，總覺得她好像會直接融化消失。

「謝謝學長！」

剛才那種陰沉的氣息瞬間消失，小朱莉露出無比開朗的笑容。

這種變化簡直像是跟我同床共枕讓她很開心……一樣……

……不，不可能有那種事吧。

「啊，那我先去準備晚餐嘍！」

「呃……嗯，需要我幫忙嗎？」

「不用了，請學長好好休息。今天也要讓你吃得讚不絕口！」

小朱莉活力十足地這麼說，然後就去廚房了。

雖然我也想要做點事來轉換心情……既然小朱莉的心情變好了，還是別去打擾她比較好。

「話說，我們今晚真的要一起睡覺嗎……？不，可是……啊啊，這樣我以後該用什麼臉去見昴……」

儘管心裡覺得已經別無他法，我還是聽著小朱莉在廚房裡哼歌的聲音，忍不住抱頭苦惱。

◇◇◇

區區幾分鐘根本不足以讓我想到能改變現況的好主意，結果時間很快就過去——

「那……學長，今晚要打擾你了……！」

「……是。」

夜深了，這一刻也終於到來。

小朱莉穿著平時那件白色睡衣，露出緊張的表情把腳放到床上。

平常只躺著我一個人的彈簧床發出聲響。

「學、學長只要躺著不動就行了！」

「唔……嗯。」

在這張寬度不到一公尺的狹窄單人床上，我們兩人的距離逐漸縮短。

雖然房裡已經熄燈，但看著她上床會害我想歪，只能背對著她……不過總覺得沒看到她的身影，反倒讓對方的呼吸聲與體香變得更明顯了。

（嗚……）

為了不發出聲音，避免被她發現我心生動搖，讓我太過緊張，連呼吸都變得很不順暢。

「打擾了……」

重新說了一次這句話後，小朱莉就完全躺到床上了。

怎麼辦？我到底該如何是好？

小朱莉就躺在我身邊，只要稍微動一下就能碰觸到她的身體。一想到這件事，我的心臟就會猛烈跳動。

自己當然很緊張。

我現在是負責照顧朋友妹妹的人。

希望儘量讓她住得舒適，快樂地度過每一天。不過這也是因為她是今年的考生。

而這種同居生活可以勉強成立的最重要理由，肯定是因為小朱莉相信我這個哥哥的朋友，認為我是人畜無害的存在。

因此，為了不讓這種信賴受到些許傷害，自己絕對不能讓小朱莉誤以為我對她別有企圖。

……在小朱莉剛住進來時就看過她穿內衣的樣子，說這種話可能沒什麼說服力就是了。

「嗯……」

「唔……！」

小朱莉的喘息聲從背後傳來，讓我忍不住繃緊肩膀。

而且就連她稍微動一下身體，都能感覺到那些細微的震動。

太真實了。這些感覺太過真實，自己好像快要瘋掉了。

「那個……學長，你睡著了嗎？」

「……還沒有，怎麼了嗎？」

我努力裝出冷靜的樣子，從容不迫地這麼問道。感覺只要稍有鬆懈，聲音就會顫抖，於是使勁捏著自己的大腿。

「其實也不是有事要找你……只是看你背對著我，才會想知道是不是睡著了。」

「這、這是因為要是被我盯著看，妳應該也會覺得很不自在吧？」

其實會覺得不自在的人是我才對。

雖然自己從來不曾與別人同床共枕，但我覺得這種時候就應該互相背對。因為要是面對著對方，絕對會讓人覺得緊張。如果對方是小朱莉就更不用說了——

「唔……」

可是，小朱莉發出不服氣的悶哼聲。

「……看招！」

「嗚哇！」

她突然往我背上戳了一下。

「看招！看招！」

「等等，咦，什麼！」

「呵呵呵。」

小朱莉接著又很有節奏地戳了我好幾下。

也許是覺得我的反應很有趣，她還輕聲笑了出來。

「其實呢，學長，要是你背對著我睡覺，我會覺得有點困擾。」

「咦？這有什麼問題嗎？」

「因為啊，你通常不是都仰睡嗎？」

「是啊……可是，妳說『通常』……？」

「啊……別誤會，我只是偶爾半夜醒來的時候，好像隱約有看到你睡覺的樣子，才會有這樣的印象！絕對不是每天晚上都在認真觀察你的睡相！」

小朱莉說出這句話時顯然心生動搖，在我背上使勁戳了一下，讓我覺得有點痛。

「我並沒有這樣懷疑妳！只是覺得有點在意！」

「那、那就好……」

「畢竟妳根本沒理由觀察我的睡相嘛。」
「這個嘛……是啊，我確實沒理由做那種事呢。」
儘管忍不住苦笑，小朱莉還是同意了我的說法。
她也不再繼續戳我，這樣總算可以放心了。
「對了，回到原本的話題吧。就是……我偶～爾會看到你仰睡這件事。」
「啊……好。」
「要是學長保持這個姿勢睡覺，半夜想翻身時，身體不就會自然往後翻滾嗎？」
「啊……好像是這樣呢。」
「所以要是你背對著我睡覺，我可能會在半夜突然被壓扁！」
「那、那可不行呢……！」
在睡夢中壓住對方，或是把對方擠下床……在這張狹窄的床上，都是很有可能發生的事情。
「所以我覺得我們應該面對面睡覺。這樣在睡夢中翻身的時候，就不會翻到對方身上，雙方都能安全睡覺。」
「原來如此……！」
小朱莉的說法確實很有道理。

我滿腦子只想著睡前的事情，完全沒想過睡著後的問題。

「不愧是小朱莉，真聰明。」

「欸嘿嘿，我沒這麼厲害啦。事情就是這樣，學長，請你把身體轉過來！」

「這樣啊……我都沒想過會有這種結果……」

我聽從她的指示，先仰躺在床上……然後發現了一件事。

「雖然這樣有點擠，但如果我一開始就仰睡不就沒事了嗎？」

「啊！對耶……！」

想到我們為何要認真討論睡相的問題，就突然覺得很好笑，忍不住笑了出來。

「唔……」

看到我的反應，小朱莉似乎以為我在捉弄她，發出不太高興的悶哼聲——

「那我就看著學長睡覺吧！」

「咦？」

「因為……仰睡會讓我覺得不太自在……」

如此說道的小朱莉抓住我衣服的袖子。

我很自然地看過去，與面對著我側睡的小朱莉四目相對。

「……唔！」

「啊……」

小朱莉睜大眼睛。我應該也是一樣吧。

我們兩人正躺在同一張床上——而且距離比想像中還要近，即便在一片漆黑的房間裡，也能清楚看見她的臉……

（不、不行啊，我得冷靜下來……！）

甚至能清楚聽見她細微的呼吸聲。

每當我意識到小朱莉的存在時，心臟好像就會跳得愈來愈大聲。

甚至擔心我們靠得這麼近，會不會被她聽到我的心跳聲。

「呃……這樣不會很擠嗎？」

「不、不會……」

這樣好尷尬……！

一旦意識到她的存在，我就再也無法忽視了。

就算自己是她哥哥的朋友，還是她的長輩，也是一個男人。

畢竟小朱莉長得可愛又漂亮，身上還有種好聞的甜香——

（不行，別思考別思考別思考！）

我緊緊閉上眼睛，不斷拚命地這麼想著。

相較於緊張不已的我，小朱莉則是一副毫不在意的樣子，很快就睡著了。她還經常動來動去，給予更多刺激。

也許是把我的手臂當成抱枕，她一下子緊緊抱住，一下子又用臉頰磨蹭……自己當然不可能在這種情況下睡著，結果直到天亮都在對抗心中的煩惱。

總覺得這樣還不如一開始就放棄睡覺，下定決心整晚熬夜比較好……算了，還是別去想這種問題了吧。

小朱莉與我兩人的同居生活，已經過了兩個星期。

我知道比起剛開始的時候，自己顯然變得更難保持理智了。

身為一位長輩，同時身為負責照顧朋友妹妹的人，這明顯不是一件好事……但對方畢竟是小朱莉。

她長得可愛、個性堅強、內心純潔，而且熱情開朗……簡直就是結合所有優點的最強女孩。

在自己變得更了解她，與之變得更要好，關係也逐漸變得親近的過程中，犯錯的危險性也跟著不斷暴增。

自己真的有辦法忍到最後嗎？不，非得忍到最後不可。

離小朱莉的暑假結束，還有超過半個月的時間。

雖然我們兩人的同居生活既舒適又開心，不但毫無缺點，我還過得非常充實，但這種生活也充滿各種考驗。自己再次體認到這個事實。

◆◆◆

『我們就這樣度過一個美好的夜晚！』

我現在非常興奮，即便只是輸入這段文字，也忍不住想笑。

不知道該說幸好還是可惜，隔天的天氣超級晴朗，完全足以曬乾棉被，讓我沒辦法連續兩天跟學長一起睡覺。

可是，想不到竟然能緊貼著學長的睡臉，還能光明正大地欣賞！

當我看到濕透的寢具時，還差點因為絕望而昏死過去，但這個結局或許可以算是大獲全勝！

「妳好像很開心呢。」

「咦？是這樣嗎……欸嘿嘿。」

如此說道的學長看起來有點想睡覺。

不過他昨晚明明很快就睡著……果然是打工累積了不少疲勞吧。

反倒是我太過緊張……其實應該是興奮，所以幾乎整晚沒睡。心中小鹿亂撞，根本沒心情睡覺。

現在內心依然小鹿亂撞。只要想到自己跟學長昨晚睡在同一件棉被裡，就感到臉頰發燙。

（不過，學長大概只把我當成孩子吧……）

我們兩人明明只差一歲，有時候卻讓我感受到無比巨大的鴻溝。

我成功寄住在學長家裡，還前所未有地跟他說了好多話……但學長依然是過去那個學長。

他還是一樣溫柔貼心……只是感覺離我非常遙遠。

偷偷看向學長，發現他睡眼惺忪地強忍著呵欠，忙著滑手機。我猜他應該正在玩手機遊戲打發時間吧。

學長和哥哥的感情很好。即便我硬是來他家打擾，他也願意接納我這個「宮前昴的妹妹」。

（在學長的心目中，我肯定就跟「妹妹」差不多……所以他才會這麼溫柔……）

只要我還在依賴這樣的溫柔，我們的關係肯定不會改變。

必須鼓起勇氣向他告白——但要是他無法接受，拒絕了我的告白……只要想到這種可能性，就讓我無法踏出那一步。

反倒覺得保持現在這樣也不錯。

儘管自己只有在這個夏天，可以跟學長這樣一起生活。

「……嗯？怎麼了嗎？」

「啊……」

因為一直盯著學長看，結果被發現了。

他那溫柔的關愛眼神讓我覺得很開心，但也令我的胸口感到一陣痛楚。

「沒事，我只是看你的表情好像有點嚴肅。」

我趕緊隨便找了個藉口。

雖然這句話聽起來有點假，不過學長沒有放在心上，對我露出溫柔的微笑。

「啊哈哈……我只是失誤有點多啦。」

「需要幫忙嗎！」

學長正在玩的那款遊戲，我也曾經玩過幾次，而且還能讓人聯手挑戰。

所以我們經常一起遊玩，那也是一段相當幸福的時間。

我們都是因為哥哥的推薦才開始玩這款遊戲，這讓我不得不再次感謝哥哥——不對，其實哥哥也只是想拿到邀請好友的獎勵，根本不需要感激。

「不用了，反正這也不是什麼重要的事情。而且妳不是正在跟朋友聊天嗎？就是那個……對了，就是說什麼微笑不用錢的女孩。」

「是啊，她叫做小璃。」

「對，就是那個女孩。」

「可是，她一直已讀不回。」

儘管我澈底發揮自己的文筆，繪聲繪影地告訴小璃昨晚有多麼美好，但她過了五分鐘都還沒回覆。她明明立刻就看到我的訊息了。

只好狂丟專門拿來對付「已讀不回」的煩人角色貼圖。

「我想再試著挑戰看看。每次都麻煩妳幫忙，實在是有點丟臉。」

「這樣啊……」

我感到有點遺憾。不過，既然學長都這麼說了，也不方便繼續糾纏下去……當我低頭看向手機時，小璃正好回覆了訊息。

『這些貼圖好煩。』

說、說話還真不客氣！不過她這個人就是這樣。

『還有字太多了，看得很累。』

看來當我以為小璃已讀不回的時候，她其實只是花了很多時間在看我傳過去的超長訊息。

可是因為小璃經常已讀不回……我懷著這種想法，重新看了自己傳過去的訊息，才發現她沒有說錯。因為我想到什麼就寫什麼，字數確實有點多。

要把這些訊息全部看完，確實相當費力……我暗自向小璃道歉。

『唉，妳這樣已經算很努力了吧。』

『真、真的嗎！』

考慮到前面的對話，完全想不到她竟然會稱讚我，嚇了一跳。

不過，我就知道～！自己果然很努力了呢！

雖然我只告訴小璃，說我來到比自己大一歲的學長家裡，但如果連第三者都認為我們處得不錯，就代表我們的關係確實有進展——

『可是啊，你們明明睡在同一張床上，他卻沒有對妳出手，這樣不是很怪嗎？』

嗚……！被她說到痛處了……！

『更何況啊……』

於是小璃直接開啟瘋狂輸出模式！

我猜是因為之前都是自己單方面發表長篇大論，讓小璃也累積了不少壓力。

『妳都快高中畢業了，怎麼還停留在小學生的階段？』、『他是不是把妳當成妹妹，根本沒把妳當成女人？』、『正常人早就接吻……甚至做出更進一步的行為了。』之類的……小璃接二連三說出這些毫不留情的批判，每一句都像利箭般深深刺進我的身體。

學長明明就在眼前，我卻覺得快要昏倒——不對，就是因為有學長在身邊，我才能保持理智，但還是受到只能勉強保持平常心的打擊！

可是，這些批判都是正確的。雖然很不客氣，但是我必須接受……因為這就是現實……得接受現實才——

「……咦咦！」

我看到一則實在難以接受的訊息，忍不住叫了出來。

「啊！咦？我怎麼睡著了？」

聽到我的慘叫聲，學長猛然驚醒。

看來他剛才好像坐著睡著了。我好想親眼看看學長不小心睡著的樣子……！

……現在可不是說這種話的時候！

「學、學長對不起！我好像把你吵醒了……」

「沒關係……話說，發生什麼事了？」

「呃……其實……」

當我忙著跟學長交談時，小璃依然不斷傳訊息過來，而最新一則訊息則是──

「我剛才在跟小璃聊天……」

「嗯，我知道她是妳的朋友。」

「結果她說要過來。」

「咦？」

「她好像要過來這裡。」

這件事發生得太過突然，我和學長都驚訝得睜大眼睛，只能面面相覷。

第2話 關於朋友妹妹的摯友來到我家這件事

後來又過了兩天。

時間來到八月，天氣變得愈來愈熱，但今天好像會是今年最熱的一天。

「唉……」

不知是因為炎熱的天氣，還是因為即將到來的另一個事件，我忍不住嘆了口氣。

不過應該兩者都有吧。

小朱莉突然告訴我，說她的摯友「小璃」要過來這裡。據說小璃好像是要來參加政央學院大學的校園參觀活動。

當我剛聽說小璃要過來的時候，還以為她也打算住在我家，結果好像是誤會。這樣就能放心了。

不過，本來就說好要陪小朱莉參加校園參觀活動，如果小璃也要來跟我們會合，那就無法避免得跟她碰面……這不知為何讓我有點緊張。

在小璃眼中，我就是一個讓她的摯友寄住在家裡的陌生男子。總覺得我們最後很可能會吵起來……想到就覺得不安。

「呃……我們是要在政學跟小璃會合嗎？」

「嗯，應該吧……」

「應該？」

「這麼說來，我們還沒說好要在哪裡碰面……」

小朱莉露出尷尬的苦笑，說了句：「我跟她確認一下！」然後就低頭看向手機。

不過，如果我們要在校園參觀活動的會場碰面，就得在活動開始的十點鐘左右抵達會場。

我看向時鐘，發現現在才八點，離出發還有一段時間。

我們已吃完早餐，連衣服都換好了。小朱莉也換上剛來我家時穿的那套水手服。

也沒有需要帶過去的東西。

（這種等待的時間最難熬了……）

倘若只是要跟熟人的朋友見面，我還不會這麼緊張，然而對方可是小朱莉的朋友——也就是我的學妹。

要是讓小璃覺得我是個不檢點的學長，說不定不光是我，連住在一起的小朱莉，風評都會受到不好的影響。

為了避免傷害她們兩人的友情，我今天必須做一個可靠的長輩……！不過，愈是這麼想，心裡就變得愈緊張。

「嗯……她好像沒看到訊息呢。」

小朱莉露出苦笑。

雖然她表現出傷腦筋的樣子，卻一點都不擔心，讓我覺得小璃應該是一個率性的女孩。

當我發現自己無事可做，閒得發慌的時候，門鈴正好響起。

「我去應門。」

「好的，會是宅配嗎？」

「應該是吧……」

……不，宅配應該不會這麼早來吧……？

這點倒是讓人有些在意。

我沒想太多就走向玄關，直接把門打開…………然後驚訝得說不出話來。

「…………咦？」

站在眼前的人，不是穿著工作服的宅配員，而是一位穿著高中制服——還是跟小朱莉相同水手服的少女。

她有著一頭染過的亮茶色長髮，看起來很會打扮，就像是一個辣妹，但眼神有點迷濛——

她保持著迷濛的眼神，只是微微仰起嘴角，抬頭仰望著我。

「我來找你了。」

「妳——」

「咦……？小璃……？」

「她就是小璃嗎！」

小朱莉從我身後探頭看過來，還說出這句話，讓我不得不懷疑自己有沒有聽錯。

原來這女孩就是……不對，原來**這傢伙**就是小璃嗎！

「早啊，朱莉。」

「早安……不對吧！妳怎麼會在這裡！」

「不是說了嗎？我要去參加校園參觀活動。」

「這個我是知道啦……」

「我也懶得帶著大型行李在大學裡走來走去，才想先把東西放在這裡。」

說完這句話的她就把擺在門後，從我這邊看不到的行李箱塞了進來。

「喂，這個行李箱——」

「啊～對喔，忘記說了。沒差，那就現在說吧。學長，我也要住在這裡。」

「啥！」

「謝啦～」

「慢著，我都還沒答應耶！」

「打擾了～啊～冷氣好涼喔～」

把行李箱硬塞給我後，她隨手脫掉皮鞋，擅自走進我家。

然後還直接躺在地毯上呈大字形。呃，這樣是不是太過自在了……？

「小璃！」

「嗯～？朱莉，怎麼了嗎？」

「那個……妳怎麼會來這裡！」

「我剛才不是說過了嗎？我是來參加校園參觀活動什麼的。」

「不是那個意思！妳怎麼會來白木求學長的家！我又沒告訴妳學長的名字！而且就算曾經說過，也沒有告訴妳地址——」

「我就是知道喔。」

「咦？」

「因為我偷偷在妳身體裡裝了ＧＰＳ追蹤器。」

「妳說什麼！」

「騙妳的啦。」

「原來是騙人的嗎！」

「不然妳希望是真的嗎？」

「一點都不希望！」

小朱莉馬上就被耍著玩了……

不過，看到她們的對話那麼自然，讓我明白她們的感情確實很好。

原來如此，看來這傢伙真的就是那個小璃呢……

「學長，你幹嘛傻傻地盯著我看？」

「只是覺得很驚訝。」

「嘴上這麼說，其實你應該是看我們兩個女生聊得這麼開心，也想湊一腳吧？」

「話說回來，還真想不到原來妳就是『小璃』啊。」

要是對這傢伙的玩笑話認真，就只會一直被捉弄，所以我故意不理她。畢竟自己可是經過結愛姊的鍛鍊。雖然這不值得開心就是了。

「那個……學長，你早就認識小璃了嗎……？」

「呃……好像是這樣。」

「好像？」

「因為我沒想到這傢伙竟然是妳朋友，而且妳還叫她『小璃』。」

「這傢伙……？」

「沒錯～我就是小璃～」

小璃——**櫻井實璃**沒規矩地在地毯上打滾，還朝我們揮了揮手。

她與小朱莉一樣，都是比我小一屆的高中學妹，而且我們從國中時代就認識了。

如果要論交情的長短，這傢伙比小朱莉還要更長。

「不過也只有朱莉會這樣叫我了。」

「難道說，是因為這傢伙名叫實**璃**，所以才叫她小璃嗎？」

「是啊，這個外號是不是很可愛？我覺得叫起來很好聽……這不是重點！」

小朱莉緊緊抓住我的手臂，氣勢洶洶地瞪著我。

自己不由得完全愣住，而實璃則是一副事不關己的樣子，躺在地毯上撥弄自己的頭髮。

「你們兩個到底是什麼關係！」

「呃……我們就只是普通朋友……」

「我沒有告訴她這裡的住址！可是，既然小璃有辦法自己來這裡，就表示肯定有別人告訴她……那人難道不就是學長嗎！」

「這個嘛……」

「喔喔，神推理。朱莉，妳可以去當偵探了喔。」

「你們的關係好到會告訴對方自己的住址……而且對方還是小璃喔！她可是那個一年三百六十五天，一天二十四小時都散發出生人勿近的氣場，向來我行我素的小璃喔！」

「……妳現在還是給人那種感覺嗎？」

「因為我覺得跟別人打交道太麻煩了〜」

「現在是我在問話！」

「是！」

這是訓話的口氣……！

小朱莉怒喝一聲，讓我不由得挺直背脊。

「學長，你跟小璃到底是什麼關係！」

「我們在國中時代參加了同一個社團！」

「同一個社團……你是說田徑社嗎？」

「是啊。不過我是選手，這傢伙是社團經理。」

「選手和社團經理……」

小朱莉的雙手逐漸放鬆。

這代表……她願意接受這個解釋嗎？

「小璃，我怎麼都不知道這件事？」

「因為我沒告訴妳。」

「話說回來，關於我沒告訴妳學長是誰這件事……啊！該不會是我哥告訴妳的吧！」

「我跟妳哥又不熟，根本沒說過幾次話喔。」

實璃和我不同，即便被小朱莉追究也不為所動。

這傢伙總是這麼漫不經心，可能平常早就被個性認真的小朱莉罵習慣了吧。

這傢伙可以擺出這種態度……我覺得也是因為她的臉皮夠厚，但重點是她看起來很習慣。是挨罵高手嗎？

「可是，那妳怎麼會知道我喜——」

小朱莉的氣勢迅速減弱。

「喜……啊……」

然後臉頰逐漸變紅，低下了頭。

相較之下，實璃不知為何露出得意洋洋的表情……咦？發生什麼事了？這傢伙做了什麼！

「唉，先不管我為何知道妳口中的學長就是他……這樣妳應該明白我跟學長早就認識了吧？至於為何知道他的住址，是因為必須寄社員聚會的邀請函給他。」

「結果我根本沒收到邀請函啊……」

「啊～我忘記寄了。」

「喂！」

「反正我又不會參加，才會覺得乾脆你也別去……不，是別讓你去比較好。」

「憑什麼擅自幫我決定啊！」

「話說，這種時代還寄明信片邀請別人參加社員聚會不是很落伍嗎？明明就有電子郵件這種更方便的東西。」

嗯，不用理她了。既然她刻意轉移話題，那這個話題就到此為止了。

……不過，總覺得有點懷念呢。

雖然升上高中後，還會經常聯絡，偶爾也會見個面，但我們的交集還是比國中時代少了許多，感覺已經很久不曾這樣閒聊了。

我甚至完全不曉得實璃跟小朱莉——也就是我朋友的妹妹變成了摯友。

「不過，如果妳要住下來，至少應該事先說一聲吧。」

「我跟父母親說過了喔。他們知道我要來你家借住。」

「不，妳應該跟我說啊。」

「想給你一個驚喜。」

「完全開心不起來……」

雖然這傢伙突然來我家搗亂……簡直就跟颱風一樣，但實璃本人並沒有那種活力與幹勁。

她總是我行我素，漫不經心地過日子，連旁人的幹勁都會跟著減弱……嗯，說她這個人跟熱帶夜一樣還比較合適。

◇◇◇

後來，實璃還說出「外面熱死人了，我們乾脆別參加校園參觀活動吧？」這種本末倒置的話，經過小朱莉努力勸說，最後總算來到出門的時間。

不過，她說外面很熱不想出門這點，我倒是有點同意……

只要走到屋外，抬頭仰望萬里無雲的蔚藍天空，就會讓人冒出這種想法。

「嗚哇，外面有夠熱的……」

接著小朱莉也出來了——但沒看到實璃的身影。

「實璃呢？」

「她說過來的時候流了很多汗，想先換個內衣。」

「這樣啊，妳也可以在屋裡等她喔。」

我實在不方便待在女高中生換衣服的地方，但小朱莉也是女生，而且她們兩個還是朋友，應該沒必要在這種大熱天出來外面等實璃。

可是，小朱莉依然挺直背脊，站在我身旁動也不動。

「學長，你跟小璃感情很好呢？」

「不，說我們感情很好似乎不太正確……」

「可是，你不是直接叫她的名字，跟她說話的時候也很不客氣嗎？而且小璃跟你說話的時候也沒用敬語。」

「與其說我跟她感情很好……」

總覺得我們只是對彼此毫無顧忌罷了。

不過，小朱莉好像覺得有點不是滋味。畢竟在我們同居的這段日子裡，經常聽她提起小璃這個名字，感覺她們是非常要好的朋友。

或許是覺得朋友被我搶走了吧。

「我覺得妳才是那個感情比較好的人。」

「咦！」

「不但默契十足，個性感覺也很合得來。」

「是、是這樣嗎……？」

「我是這麼認為的喔。」

她們兩個乍看之下是完全相反的類型，卻給人一種緊密契合的穩定感，各種互動都令人百看不厭。

小朱莉可以交到這種朋友讓我感到放心，而且實璃可以交到小朱莉這樣的朋友，也讓我感慨萬千。

「不過，那傢伙還是一樣自由奔放，我覺得妳應該也很辛苦。」

「……自由奔放？辛苦？」

自從聊到這個話題後，看起來一直有些心慌意亂的小朱莉，突然停住不動了。

然後她抬頭看了過來……不知為何傻眼地瞪著我。

「你說感情比較好……該不會是說我和小璃吧？」

「咦？是沒錯啦……」

「唉……」

她竟然嘆氣！

「反正學長就是這種人，我早就知道應該是這樣了。」

「呃……抱歉。」

「沒關係。畢竟你說我跟小璃感情很好，也讓我覺得很開心。畢竟小璃不太會表現出跟我感情很好的樣子。」

「確實是這樣沒錯。我有時候也搞不懂她在想什麼。」

「不過這點也是她的魅力呢。」

這個意想不到的共同朋友讓我們聊得很起勁。

畢竟實璃是個表裡如一的人，即便交集減少後，她好像也沒太大的改變。

實在想不到自己和小朱莉竟然會對這種事有同感，只能說這個世界實在很小。

「你剛才說小璃讀國中的時候，在田徑社擔任社團經理對吧？總覺得很難想像呢……畢竟她現在是回家社的社員。」

「我們就讀的國中把社團活動視為課業的一環，每個學生都必須參加社團活動或是加入委員會。那傢伙選擇加入田徑社，只是因為覺得擔任社團經理很輕鬆，而且田徑社跟其他運動社團不一樣，需要用到的器材並不多。」

「啊哈哈，還真像小璃的作風呢。」

「畢竟她是個認真的傢伙，所以也是社團裡最勤奮的一位經理喔。」

「這也很像小璃的作風呢。雖然她看起來不是很認真，其實在校成績非常好，聽說可以透過推薦入學的方式進到政學就讀。」

「這樣啊……」

「儘管只要正常念書也還是考得上，但她覺得準備考試太麻煩了。」

不知道該說是她的性格使然，還是故意耍廢。不過，如果有機會推薦入學，她絕對不會選擇念書吧。換作是我也不會。

說到推薦入學，昴當初也是這樣呢。那傢伙很早就確定有學校能念，整天對忙著努力念書的我說些風涼話……讓我想到就覺得不爽。

這次換小朱莉感受那種滋味啊……加油。實璃那傢伙肯定會在旁邊說風涼話的。

「讓你們久等了～你們在聊些什麼？」

「沒、沒什麼啦！」

「嗯～？真可疑。學長，你說。」

「我們只是隨便聊聊喔。」

「咦～這不是談重要事情時常說的話嗎？」

「故意挑語病也該有個限度吧。」

「那不然就換我來說吧。你們想聽什麼？朱莉的丟臉事跡？還是中二時期學長的黑歷史？」

「我不知道妳想說些什麼，反正閉上嘴巴就對了。」

「黑歷史……！」

「小朱莉，拜託不要雙眼發亮啦！」

我突然發現一件事。

這傢伙來這裡之後，是不是讓我的負擔變得更重了？

總覺得自己吐槽的次數變多了……畢竟小朱莉也是個有點天然呆的女孩。

雖然今天才剛開始，我很快就覺得莫名疲倦了。

第3話

關於我跟朋友妹妹與學妹去參觀校園這件事

就只有今天，我發自內心慶幸大學的暑假很漫長。

因為地球暖化與諸多原因，最近幾年只要到了六月，氣溫就經常超過三十度，如果到了最熱的八月，甚至還會達到四十度。

在這種炎熱的日子特地來學校，實在是一件苦差事……現在會有這種想法，可見我國中時代在田徑社鍛練出來的毅力之類的東西，似乎早就完全消失無蹤。

不過就算不需要上課，我還是必須去打工，所以好像也沒什麼差別就是了。

「人還挺多的……」

在學校門口的接待處，有許多與小朱莉她們一樣穿著制服的青澀高中生。

絕大多數的學生都是在父母的陪同下前來，還能不時看到幾個跟我一樣像是現役大學生的人混在裡面。

「學長，你怎麼看起來好像很陌生的樣子……」

「因為我沒參加過校園參觀活動啊。」

「咦？你沒參加過嗎！」

雖然嚇到她了，但這種事真的有那麼稀奇嗎？

我在高二的時候根本沒想過讀大學的事情，高三時也忙著準備考試……老實說，根本沒時間來參加校園參觀活動。畢竟這裡離我的老家很遠。

「那大家都是第一次呢！」

如此說道的小朱莉開心地笑了出來。

這麼說來確實是第一次參加這種活動，但畢竟是個現役大學生，也實際在這裡上學，很懷疑自己能否純粹享受這個活動。

而且所謂的校園參觀活動，預設的參加者是考慮就讀該所大學的考生，目的是向他們宣傳大學是什麼樣的地方。

因為大學當然是鑽研學問的地方，這種活動絕大多數都會辦得比較嚴肅，不會有太多玩樂的元素。

畢竟如果把這種活動辦得既熱鬧又歡樂，這些忙著在炎熱夏天準備考試的考生，很可能會因此變得無法專心念書，所以這種做法並沒有錯。

「小璃，這還真是令人期待呢～」

「是啊……」

完成報名手續後，我們拿到介紹手冊等資料與參加活動的紀念品，終於準備要開始參觀校園了，但小朱莉和實璃的反應截然不同。

實璃好像已經完全熱昏頭。雖然我也不是無法理解就是了。

「小璃，再撐一下吧。只要進到教室就有冷氣吹了。」

「朱莉～揹我～」

「小、小璃，妳怎麼了？」

實璃搖搖晃晃地靠在小朱莉身上。

我覺得這樣只會不好走路，而且反倒更熱……但又覺得讓她們兩個摯友互相打鬧也能轉移注意力，便決定待在她們身後默默守候。

◇◇◇

以下就是校園參觀活動的大致流程。

首先是整間大學的說明會，接著才會分別介紹各個系所。

之後還會視參加者的意願，由在校生帶領參觀校園，還能參加個別諮詢、體驗學生餐廳與體驗教學等活動。

雖然只能在特定地區參觀，還是能在校園裡自由閒逛，感覺頗為開放。

如果我能在高中時代來參加這種活動，或許也不錯。畢竟這能讓人試著想像未來的大學生活，也能提升考生的幹勁。

……話雖如此，這些活動內容對現役大學生來說仍然有些無趣……唉，這也是沒辦法的事。

「朱莉，要不要參加學生餐廳體驗活動？」

「咦？現在就要去了嗎？」

系所介紹活動結束後，實璃立刻如此提議，讓小朱莉忍不住這麼反問。

現在才剛過十一點，雖然學生餐廳裡沒什麼人，但現在過去確實有點早。

「要是等到中午再過去，人會很多吧。」

實璃不喜歡人多的地方，也不喜歡麻煩的事情。其他人正在參加別的活動，如果我們現在過去，確實可以避開他們。

「而且我從早上就沒吃任何東西，現在肚子很餓。」

「咦！」

「因為找不到時間吃早餐，而且……我正在減肥。」

「可是妳明明很苗條……」

「雖然沒有身材方面的煩惱，但我習慣讓自己處於隨時都能暴飲暴食的狀態。」

實璃挺起胸膛，還是一樣讓人搞不懂她是不是在開玩笑。

總覺得在空腹的時候暴飲暴食，好像會更容易發胖……

「要是不好好吃飯，可是會中暑喔。」

「咦～學長～你這是在為我擔心嗎～好溫柔喔～」

「妳說話的語氣也未免太假了吧！」

「既然你會擔心我的身體，我可以讓你揹著走喔～」

「讓學長揹著走……」

聽到實璃這樣開玩笑，小朱莉的臉稍微變紅了。

說不定是想起她在那天中暑倒下後，我們兩人從「結」走回家時發生的事情。

不管是我揹著她回家這件事，還是我們當時對話的內容……仔細想想都讓人覺得挺難為情的。那種難為情的感覺與同床共枕有些不太一樣。

「你們兩個怎麼不說話了？」

「沒、沒什麼啦！學長，我們走吧！」

「呃……嗯，走吧！」

要是讓實璃繼續追問下去，也只會給她更多捉弄我們的機會，所以我跟小朱莉交換了一個眼神，然後就先結束對話。

然而實璃沒有對此多說什麼，卻不知為何微微揚起嘴角。

◇◇◇

就跟我想的一樣，學生餐廳裡幾乎沒人。

因為這裡平常一到中午都會擠滿學生，連要找到座位都很困難，看到這裡空蕩蕩的樣子，讓我覺得有些意外。

聽說這裡在午休時間前後，還有第二節課與第三節課時都不會有太多人。因為我想放輕鬆吃午餐，下學期或許可以特地把時間騰出來看看。

我一邊這樣想著，一邊找好我們要坐的四人餐桌，然後走向餐廳櫃檯。

「哦，今天的菜色還真少。」

「平常不是這樣嗎？」

「平常還會有更多菜色喔。畢竟這是體驗活動，或許校方想要強調比較有特色的幾項餐點吧。」

這場校園參觀活動提供的餐點是咖哩飯、拉麵和定食套餐。定食套餐的主菜有炸雞和鹽烤鮭魚這兩種可供選擇。

「學長，麻煩你點炸雞套餐。」

「為什麼？」

「因為我想吃炸雞咖哩飯。」

「原來妳是想搶走我的炸雞嗎！」

「小、小璃！如果想吃炸雞，我的可以給妳……！」

「我不能拿走朱莉的炸雞。妳還在發育，必須多吃點才行。」

「發、發育……？」

「妳得讓這裡好好吸收養分。」

「呀啊！」

實璃故意捉弄小朱莉，用食指輕輕戳了戳——她的胸部。

「小璃！別亂摸啦！」

「朱莉，我都知道喔。妳偶～爾會上網調查讓這裡變大的方法。」

「妳怎麼會知道……等一下！別在學長面前說這種話啦！」

小朱莉滿臉通紅大聲抗議，但實璃不以為意地充耳不聞。

在旁邊看著這一幕，我到底該做何反應……

雖然不能說出來，小朱莉的胸部絕對不算小。

反倒覺得已經很大了。

「朱莉，進食是雕塑身材最重要的基礎喔。如果有乖乖吃飯……妳看，就會變成這樣。」

實璃挺起胸膛。

等一下，妳剛才不是還說自己故意沒吃早餐，以便隨時都能暴飲暴食，讓我們知道妳都沒有規律進食嗎？

儘管很想這樣吐槽，但即便隔著水手服，也能看到她那明顯隆起的雄偉雙峰，讓這些話確實很有說服力。

不過，這是因為她比較特別，而且小朱莉的胸部也——

「我也可以變得跟小璃一樣嗎……！」

小朱莉猛然睜大眼睛，一副十分震驚的樣子。難道她的心已經被澈底打動了嗎！

然後，她不知為何看了我一眼，又接著低頭看向自己的胸部。

「我也能變成小璃……甚至是結愛小姐那樣嗎……？」

我覺得最好別跟結愛姊比較吧？

她比較特別……不，應該說是誇張才對。

即便是我這個親人，也不得不承認她的身材遠遠好過普通的日本人。

雖然身材這麼好，卻還是沒有傳出什麼緋聞……我想大概是因為個性的問題吧。

「小朱莉，我覺得妳沒必要跟她比較——」

「學長！」

「請、請說！」

「我也想吃你的炸雞！」

「咦？」

「然後……我會繼續發育給你看的！」

小朱莉握緊拳頭，用堅定的語氣這麼宣言。

「是、是喔……那妳加油吧。」

我輸給她的氣勢，又說不出什麼好聽的話，只能這樣鼓勵她。

然後——

「啊，這個很好吃耶！」

「是啊，真想不到。」

「……那就好。」

於是，我看著她們兩人評論炸雞咖哩飯的滋味，靜靜地吃著只有白飯、味噌湯與醬菜的陽春套餐。

順帶一提，我的套餐必須自掏腰包，她們兩人則享有校園參觀活動的免費優惠。

這世道還真是艱難啊。

◇◇◇

我們吃完午餐，在校舍裡稍微逛了一下後，因為她們兩人要去參加體驗教學，便決定暫時分頭行動。

畢竟我這個現役大學生去參加體驗教學，還占用教室裡的一個座位實在很奇怪，而且總覺得有點尷尬。

因為這個緣故，突然多出一段自由時間。正當我忙著思考該做什麼時，手機正好在這時候發出震動。

「……你該不會躲在某個地方偷看吧？」

『咦？你這話是什麼意思？』

從電話另一頭傳來的傻呼呼聲音，和過去一樣毫無改變。

『今天不是我們學校舉辦校園參觀活動的日子嗎？我猜你們應該會過去，才會打電話給你！』

「哦，是喔。」

打電話給我的人是宮前昴——小朱莉的親哥哥，也是跟我借錢（五百圓），讓小朱莉被迫住在我家的元凶。

順帶一提，他正在參加駕訓班的集訓。

『話說朱莉的情況如何？她過得還好嗎？』

「她很好，好到讓我不敢相信她竟然是你的親妹妹。」

『哈哈哈。我就說吧！』

雖然我這句話有點說他壞話的意思，但他似乎不以為意。

畢竟昴是個自認兼公認的妹控，只要聽到小朱莉被人稱讚，就不會在意其他事情了吧。

「不過，你打電話過來的時機真的抓得很準。她剛才還跟我在一起。」

『咦？是這樣嗎？』

「她正在參加體驗教學活動。」

『原來如此，畢竟你也沒理由去上那種不會累積出席天數的課呢。』

「這個嘛……我無法否認，但應該還有更好聽的說法吧。」

實際說出這句話，讓我也覺得很無奈。

對我們這種平凡大學生來說，學分就是一切。我在上學期就已經澈底明白，去上課是為了拿到學分，而不是純粹為了學習。

對於那些為了認真讀書而來上大學的學生，還是會覺得有些過意不去就是了。

而且今天是校園參觀活動。在那些對大學生活懷有夢想的年輕學子面前想著這種事，讓我心中充滿了罪惡感。

「所以你找我有什麼事？」

『嗯？對喔，我都忘記了。』

我毫不掩飾地轉移話題，但昴沒有放在心上，繼續說下去。

畢竟了解我和小朱莉的近況，顯然不是他打這通電話的主要目的。

『其實是駕訓班集訓就快結束了。』

「是嗎？真是遺憾。」

『我沒有落榜啦！應該可以考到駕照才對！』

「是嗎？真是遺憾……」

『你沮喪個屁啊！快點稱讚我啦！』

「你好強喔～」

『嘿嘿，真是不好意思。』

雖然我說話的語氣聽起來很假，昴似乎不以為意。

『話說，等我考到駕照以後，大家要不要一起去海邊玩啊？』

「海邊！」

突然聽到這個極有魅力的詞彙，讓我語氣上揚。

說到夏天就會讓人想到大海。仔細想想，今年好像還沒做過能享受夏天的事情。

「……不對，等一下，你說大家是指誰？」

『當然是我跟你，還有朱莉啊。』

「小朱莉？」

『是啊。』

「……小朱莉是考生吧？」

『她也需要放鬆一下吧！』

這位前考生說得很輕鬆，但他是透過推薦入學進到這所學校，所以去年幾乎沒有準備過考試呢……

「話說，就我們三個人去而已嗎？」

『如果你還有其他想邀請的對象，也可以請他們一起參加啊。』
「等等，你不找長谷部同學嗎？」
『你這小子……！該不會是想欣賞小菜菜美穿泳裝的樣子吧！』
「我才沒那麼說！只是因為你不邀請自己的女朋友，覺得很在意罷了！」
長谷部同學是我們兩個的同班同學，也是昴的女朋友。
雖然不知道他們兩個算不算是陷入熱戀，至少昴應該對她一往情深。
『我已經跟菜菜美說好會另外找一天帶她去玩，你不需要擔心喔。』
「哦，是喔。」
『而且啊，我們明明才剛開始交往，突然就要介紹親人給她認識，你不覺得有點難度嗎？』
「你是說小朱莉嗎？」
『是啊。』
我沒有兄弟姊妹也沒有女朋友，所以不是很懂，但這對昴來說似乎是個大問題。
『你看嘛，在朱莉的心目中，我不是她最尊敬的完美哥哥嗎？』
我覺得一個完美的哥哥，應該不會讓妹妹幫自己處理區區五百圓的債務。
『她應該會覺得我的女朋友也一樣完美。別誤會，我覺得菜菜美也是個很棒的女孩，只是……』

「你自己說這種話都不會不好意思嗎？」

『而且要是朱莉對她完全看不上眼，我也會覺得難過啊！是喔～原來她就是哥哥的女朋友？哦～就這樣？要是聽到她這麼說，我一定會哭死！』

「原來你是怕她失望啊……」

『不過，就算進入這種小惡魔模式，我家朱莉也還是一樣可愛。』

好像真的……是這樣？

試著想像了一下，結果發現小朱莉從來不曾對我表現出敵意。

「我問你，小朱莉真的會生氣嗎……？」

『你在說什麼傻話？當然會啊。我反倒覺得她很愛生氣……不過，這也是她可愛的地方！』

每次只要問他事情，這傢伙總是會故意炫耀，實在有夠煩人。

『唉，朱莉不曾在你面前生氣是有原因的。』

「原因？」

『……是什麼原因來著？』

「喂！」

『哈哈哈！反正就是我無法說出口的原因啦！』

結果他還是不肯說出那個原因……總覺得心裡有點疙瘩。

小朱莉不曾生氣是因為某種理由，而昂似乎知道那個理由，但我完全不知道。

『怎麼？想讓朱莉對你發脾氣嗎？』

「才不是這樣……只是擔心她可能在委屈自己。」

『哈哈，這種煩惱還真有你的風格。』

昂發出聽起來很溫柔，卻不知為何有點寂寞的笑聲。

這種笑聲莫名成熟，一點都不像平常的他。

『總之，你不需要替朱莉擔心。畢竟她每次對我發脾氣也都不是自願的！』

「哈哈……」

『不對，我好像沒資格說這種話！』

「就是說啊。」

我們兩人都發出笑聲。

雖然昂叫我不用在意，並不代表小朱莉沒有覺得委屈，但我覺得比較輕鬆了。

不過，麻煩你去問看看朱莉的意願吧～對了，你想邀請那位大姊也行喔？』

「你說的那位大姊是誰？」

『就是跟你一起打工的那位堂姊啊！』

「原來是結愛姊啊……」

昴偶爾會去「結」找我玩，也在當時見過結愛姊幾次。

還曾經說過結愛姊長得太漂亮，讓他不敢直視。

『既然要去海邊玩！實在很想看看她穿泳裝的樣子！誰叫我是個男人！』

「唉……」

『嘆什麼氣啦，真不夠意思。求，你該不會早就看膩她穿泳裝的樣子了吧？』

他毫不客氣地問了這個很難回答的問題。

我跟結愛姊畢竟是堂姊弟，當然看過她穿泳裝的樣子……但實話實說好像會引來麻煩，所以決定保持沉默。

『總之，你一定要把大姊找來！要是沒把她請來，就得接受懲罰！』

「呃……難道我沒有拒絕的權利嗎？而且她很喜歡旅行，說不定又會突然去某個地方。」

『我不管！反正你要負責去邀請大姊和朱莉就對了！若還有其他人想參加……只要是女孩子都行！假如是男人，就得事先跟我商量！』

「你這人面對自己的慾望也未免太誠實了吧！」

『那就萬事拜託了！再見啦～！』

手機發出切斷通話的聲音。那傢伙竟然真的掛我電話。

「這不就代表我們確定要去海邊玩嗎……？可是，小朱莉她們都是考生，結愛姊也不見得能去——」

「海邊？」

「唔！」

實璃在不知不覺中站在我旁邊。

她怎麼會出現在這裡！體驗教學不是應該還沒結束嗎！

「我偷跑出來了。」

實璃邊說邊把手上的手帕塞進裙子的口袋裡。

看來她是去上廁所了。

「你說要去海邊玩是怎麼回事？我好像還聽到你說什麼對慾望很誠實這種話。」

「嗚……！」

「打電話給你的人……是朱莉的哥哥嗎？」

「妳是超能力者嗎！」

我應該沒有不小心開啟擴音模式才對。

實璃不可能聽到昴說話的聲音……不對，說不定她只是碰巧聽到我說出那傢伙的名字。

「因為我知道你沒什麼朋友。」

……原來是因為更悲慘的理由。

只要透過小朱莉，她大概不難得知昴是個什麼樣的人，但我還是想不到她竟然可以猜得這麼準。

「所以你們決定要去海邊玩嗎？」

「他只是打電話來找我一起去，還說要帶小朱莉一起過去。」

「是喔……」

「可是，妳們都是考生，應該沒時間出去玩——」

「我要去。」

實璃一臉理所當然地這麼說：

「朱莉的哥哥肯定有交代可以邀請其他女孩參加，我就算跟去也不成問題吧？」

「妳果然是超能力者對吧……！」

「不，這只是我的直覺。」

如此說道的實璃揚起嘴角。

看來她是故意套我的話。不過，被她完全說中也是事實。

「我想朱莉應該也會答應喔。畢竟這可是個好機會。」

「什麼好機會？」

「學長也猜猜看啊？」

她竟然故意挑釁我。

雖然自己差點就上鉤，最後還是忍住了。

我實在不明白去海邊玩對小朱莉而言是個什麼樣的機會。

而且要是不小心猜錯，感覺只會被實璃藉機捉弄。

「那你猜得到我想跟去的理由嗎？」

「……因為好像會很有趣嗎？」

「這種答案不算數啦。麻煩說得更具體一點。」

「還要更具體啊……」

……不行啊，完全猜不出來。

畢竟自己已經很久不曾跟實璃說話。

當我從國中升上高中時，我們之間的交流就大幅減少了。至於從高中升上大學之後，當然就更不用說了。

我甚至還是頭一次聽說實璃也想讀這所大學——

「真拿你沒辦法呢，學長……不對，求哥。」

一雙手臂突然從我背後繞了過來。

溫暖且柔軟的身軀也跟著貼上來——

「答案是因為我很寂寞喔。」

實璃半開玩笑地笑著這麼說。

雖然她的口氣就跟平常一樣難以捉摸，但雙手抱著我身體的力量強得不像是在開玩笑。

這讓我無法像是應付玩笑般輕易擺脫。

「喂，妳怎麼突然……」

「求哥還是一樣遲鈍呢。」

「妳叫我求哥……」

「你該不會忘記了吧？」

「……我沒忘記。」

我跟實璃在國中時代非常要好。

我們是田徑社的選手與社團經理……可是仔細想想，我們兩人的關係說不定比這還要親密。

周圍的人當然會故意拿這件事捉弄我們，但我完全沒放在心上，而且自己也沒有成熟到會為實璃的處境擔憂，所以總是隨便別人八卦——

有一天，實璃的同學好像對她說我們兩個就跟兄妹一樣。

實璃與我都是獨生子，沒有兄弟姊妹，雖然自由自在，卻也沒人陪伴。

或許就是因為這樣，我們才會那麼合得來。

而且也是因為這樣，我們才會不曉得兄妹到底是什麼樣的關係。

（原來有個妹妹就是這種感覺啊……）

儘管這可能也是她捉弄我的方法之一，她確實給我一種其他女孩沒有的親近感與自在感。

實璃有一段時間也故意都叫我「求哥」。現在仔細想想，這種叫法聽起來反倒沒那麼親近。

話雖如此，她像現在這樣把臉貼在背上緊緊抱住我，還是會造成困擾。

「捉弄人也該適可而止喔。」

「好啦～」

被我這樣提醒後，她很乾脆地放手。

她踩著輕快的步伐離開我身邊，然後又重新轉過頭來。

「對了，學長。」

「嗯？」

「我今晚可以跟你一起睡嗎？」

「…………啥？」

「你不是跟朱莉一起睡過了嗎？而且還是在同一張床上。」

「妳、妳怎麼會知道！」

「啊哈哈，你的表情還真怪。」

實璃露出惡作劇成功的表情，笑嘻嘻地尋我開心。

然後——

「看來你也不完全是塊木頭呢。」

她小聲呢喃，就這樣快步離開。

◇◇◇

「啊，學長！」

小朱莉使勁揮著手，往我這邊跑過來。

她露出燦爛的笑容，還踩著響亮的步伐——讓我彷彿看到了她長著狗耳朵和尾巴的幻影。

「辛苦了！不好意思讓你久等了……！」

「沒關係，我也剛好可以休息一下。」

自己差點就要伸手摸摸她的頭，最後還是忍了下來。

好險好險……差點就要做出性騷擾行為了。實璃還在旁邊盯著我，得小心一點。

「體驗教學感覺如何？」

「感覺和高中上課的內容不太一樣，應該說比較專業也比較獨特……我還想多聽幾堂課看看！」

嗚……好、好耀眼！

這就是現役高中生……！只對大學懷抱夢想與希望的年輕人發出的光芒嗎……！

「是、是嗎？那我們今天來這一趟算是值得了。」

「是啊！我好想趕快來這裡上學呢！」

小朱莉笑著點了點頭，還拚命甩著看不見的尾巴。

實璃則站在她身後，用暗示我趕快說出那件事的眼神看了過來。

她們兩個怎麼差這麼多……我是指可愛的程度。

「對了，小朱莉，我有一件事要告訴妳。」

「請問是什麼事呢？」

「就是……昴剛才打電話給我。」

「我哥哥嗎？啊……！他該不會又說了什麼沒禮貌的話吧！」

「不，妳誤會了，他是問我要不要大家一起去海邊玩。」

「去海邊？」

朱莉睜大眼睛，整個人輕輕跳了起來。

然後，她先看向實璃……的胸部，又低頭看向自己的胸部。

「去海邊玩啊……」

她很明顯失去興致了！

「小、小朱莉？我覺得妳不需要跟別人比較喔……？」

「我沒有要跟別人比較的意思！只是希望自己也能變得跟小璃一樣！」

「可、可是，妳剛才明明有跟實璃做比較，但我覺得妳的也相當有看頭——」

糟糕！這句話完全就是性騷擾吧！

我趕緊摀住自己的嘴巴，然而已經來不及了。

這可不是偶然看到她穿內衣的樣子，也不是因為雨水淋濕寢具，讓我們不得不同床共枕。這句話可不能算是一場意外！

這是我用有色眼光看著小朱莉，還有她的胸部的鐵證！

我的臉頰逐漸發燙，背後也冒出冷汗，而且還是那種無法推給烈陽的大爆汗。

「……啊。」

小朱莉茫然地看著我，整個人愣住不動。

她睜大眼睛，臉頰也微微泛紅。這代表她確實聽見我剛才那句話了。其中完全沒有任何誤會。

「學、學長，你想看我穿泳裝的樣子嗎……？」

「咦？」

我沒想過她會這麼問，不由得整個人愣住。

原本還以為她會生氣、露出尷尬的苦笑，或是毫不掩飾地轉移話題……不然就是做出類似這樣的反應，想不到竟然會進一步這麼問……！

「這個嘛……」

腦海中有一瞬間閃過這可能是陷阱的想法，但我知道小朱莉不是那種女孩。

只能相信她會這麼問純粹是出於好奇了。

至於她想要聽到的回答——應該也只有一個吧。

「嗯，我想看。」

我無論如何都不可能對一個女孩子說出「不想看妳穿泳裝的樣子」這種話，把這當成正確答案實在是太離譜了。如果這是個錯誤的選擇，那自己也只能接受了。

「欸嘿嘿……」

聽到我這麼回答，小朱莉害羞地微笑。

太好了，看來答對了。正當我暗自感到放心時——

「小璃，妳聽到了嗎！」

「嗯，聽得一清二楚。」

「妳們說這些話是什麼意思！」

看到她們表現得像是取得了犯人的自白一樣，讓我再次懷疑自己是不是真的中了圈套。

「難不成……妳們還有錄音嗎？」

「錄音！小璃，妳有錄音嗎！」

「啊～這我倒是沒有想到。」

「這樣啊……學長，可以請你再說一遍嗎？」

「我絕對不說！」

小朱莉開心地笑著，實璃則是面帶微笑，彷彿看透了什麼。

我就這樣被兩名女高中生耍著玩，在酷暑中度過校園參觀活動。

雖然我們最後幾乎都在閒聊，說要參觀大學只是虛有其名……反正小朱莉與實璃看起來都很滿足，就不用在意那麼多了吧。

然後，關於我們要去海邊玩這件事——

「她們都答應了。」

『真的假的！那位大姊姊也會去嗎？』

「是啊。」

聽說昴找我們去海邊玩的那個星期，咖啡廳正好也要暫時歇業。

伯父他們也打算放個暑假，夫妻兩人一起出去旅行。

結愛姊說她這個年紀還參加家族旅行也很奇怪，想要一個人去旅行。

可是，因為我碰巧在她規劃行程的階段提出邀請，於是決定今年要跟女高中生一起到海邊玩耍……她是這麼告訴我的。

老實說，我覺得比起參加家族旅行，她這種年紀還跟女高中生混在一起要來得奇怪多了，但這種話可不能對本人說，要不然我就死定了。

「還有，小朱莉的朋友剛好也來到這邊，那女孩也要一起去。」

『朱莉的朋友……？該不會是小櫻井吧？』

「原來你認識她嗎？」

『是啊。畢竟她偶～爾會來我們家玩。我幾乎不曾跟她說過話，不過還記得她是個可愛的女孩……話說，你怎麼會認識她啊？』

「她是我國中的學妹，但不知道她是小朱莉的朋友。」

『是喔……這個世界還真小……等一下！你說小櫻井剛好去你那邊，該不會是她也住在你家──』

「咦？好奇怪喔～？我這邊好像收不太到訊號，聽得不是很清楚耶～？」

『喂，你別以為演這種猴戲就可以──』

……我趕緊掛斷電話。

好險好險。差點就引來不必要的麻煩了。

如果讓昂知道實璃也住在我這裡，他肯定會問一大堆不好回答的問題。

「學長，我洗好澡了～」

「嗯，小朱莉，謝謝妳通知我。」

當我跟昴回報完結果，站在陽台上發呆時，穿著睡衣的小朱莉過來叫我。

「啊，可是小璃進去洗澡了……你可能要在外面多等一下。」

「是嗎？那我就繼續在外面發呆吧。」

原本是為了避免聽到小朱莉洗澡的聲音，才會逃到外面避嫌，但現在變得很享受這樣的時間。

以前曾聽說想要擁有高品質的生活，這種無所事事的時間也非常重要，現在總算實際體認到了。

「這也是多虧了小朱莉呢……」

「咦？」

自從開始獨自生活後，我養成了一個人自言自語的習慣。

自從小朱莉來到我家，多少有感覺到自己這麼做的次數變少了。

不過像這樣在外面發呆的時候，還是忍不住會犯這個老毛病。

儘管她就站在身旁。

「啊哈哈……抱歉，我突然說出這種奇怪的話。」

「沒、沒關係！這是不是代表我有幫到學長的忙？」

「那還用說嗎？可是，妳這種說法不太正確。畢竟我沒有那麼高高在上。」

「這樣啊……那就好。」

也許是真的很在意這件事，小朱莉放心地輕撫胸口。

她或許意外地是個想法消極的女孩……這是在與她同居的過程中發現的事。

基本上是個優秀的女孩，大學考試的題庫幾乎不曾讓她陷入苦戰，在努力念書的同時，她還能完美地做好煮飯、打掃與洗衣服這些家事。

她善解人意，個性也討人喜歡。就連個性很好這種聽起來很假的讚美，應該也是當之無愧。

外表當然無可挑剔……她至今大概被告白過無數次吧。

雖然讚美遠比貶低還要適合她，但她的想法卻有些消極，令我感到頗為意外。

……看著小朱莉思考這些事情時，她難為情地低下頭。

「啊，抱歉。」

「沒、沒關係，我知道學長偶爾會自言自語……」

「咦？我該不會又說出心裡的想法了吧……！」

「是啊……不小心聽到了其中一些……」

小朱莉尷尬地低著頭這麼說。即便外面很暗，看得不是很清楚……她的臉說不定早就紅透了。

她說聽到了一些，到底是哪些……！

因為我這次完全沒有意識到這件事，所以根本不曉得她到底聽到了什麼。

而且明明才剛發現自己犯了老毛病，又突然做出這件事……實在太不小心了！

「真的很抱歉……」

「學長，你不需要道歉！我早就做好心理準備，知道你很快就要自言自語了。」

「原來這種事情還能先做好心理準備嗎！」

「可以。只要經常觀察你，就能抓得到時機。」

小朱莉露出有些成熟的微笑，讓我不由得感到心動。

她是個不可思議的女孩，有時候讓人覺得很幼稚，有時候看起來又像個沉穩的大姊姊。

「我很喜歡學長自言自語的樣子喔。」

「這我可高興不起來……因為覺得這是一個壞習慣。」

「是嗎？」

「當然是啊。這樣很沒禮貌，也會讓人覺得不夠穩重。原本還以為自從妳來我家之後，自己就比較不常自言自語了。」

老實說，雖然小朱莉說我只會「偶爾」自言自語，但我還是覺得有點沮喪。

「跟我在一起果然會害你靜不下心嗎？」

「咦？」

「因為……每次你自言自語的時候，通常都是處在一種心情很放鬆的狀態下……要是跟我在一起會害你覺得很悶——」

「不，情況正好相反喔。」

為了消除她心中的不安，我立刻否認她的說法。不過，這樣聽起來有點像是中途打斷她的話就是了。

「剛開始獨自生活的時候，只覺得屬於自己的自由時間變多了，心裡非常高興。因為我不需要在意任何人，擁有真正的自由。」

不知道從何時開始，我變得對獨居生活有種莫名的憧憬。

八成是因為獨居生活給人一種獨立自主的感覺，也會讓人覺得比較成熟吧。

然而，其實我現在還需要父母的金援，離自食其力還很遙遠。

「可是，身邊沒有任何人，反倒會讓我覺得靜不下來。因為那樣太安靜了……才會忍不住自言自語。不過，這也是因為沒人告訴過我這件事。」

「那樣不是一件很寂寞的事情嗎？」

「其實沒那種事……不，或許就是妳說的那樣吧。」

雖然我覺得這種心情還算不上鄉愁，但小朱莉所說的「寂寞」這兩個字，還是讓我深有同感。

對了，難得放暑假，我或許可以找時間回老家一趟。即使這麼做可能有點晚，不過——

「畢竟現在有妳在我身邊。」

「……咦？」

「我不會像之前那樣感到寂寞了喔。」

那些只有自己一個人生活，聽不到「歡迎回來」與「我回來了」的安靜日子，彷彿變成了很久以前的事情。

這種感覺跟在大學裡與朋友見面，還有忙著打工的時候都不一樣。

我現在能過著這種既熱鬧又帶點壓迫感，卻讓人覺得很自在的生活——都是多虧了小朱莉來到我家。

「那個……學長，你說這句話是什麼意——」

「朱莉～」

房門應聲打開。

我家的新房客櫻井實璃簡單地穿著T恤與短褲走出來，就這樣直接抱住小朱莉。

「哇！小璃！」

「朱莉～」

實璃緊緊抱著小朱莉，與她嘻笑打鬧。

看來要是我礙到她們，應該會惹她們不開心吧。

「那我也要去洗澡了。」

「等一下！學長！你剛才那句話是……！」

「就算天氣很溫暖，還是要小心別著涼了喔。」

留下這句話後，我趕緊逃進脫衣間。

「臉頰變得好燙……」

然後摀著自己發熱的臉頰，深深地嘆了口氣。

老實說，實璃突然出現真的幫我一個大忙。畢竟不確定要是繼續講下去，自己到底會說出什麼樣的話。

只知道一件事……那就是小朱莉早就在不知不覺中深深融入我的日常生活。

自己甚至不願思考不久後將要到來的終點。

◆◆◆

小璃當然沒帶寢具過來，所以她理所當然地鑽進我的被窩。

仔細想想，我好像還是頭一次跟她一起過夜。不對，校外教學時就有過了。

不過，我們還是頭一次睡在同一件棉被裡，但這種感覺又跟和學長同床共枕不太一樣。

「實璃打算住到什麼時候？」

「至少會住到去海邊玩的那天吧～」

……話說回來，學長跟小璃的關係看起來果然有點奇怪。

他們兩個給我一種非常習慣這種事的感覺。

「難道說……妳不是第一次住下來嗎？」

「妳是說住在學長家嗎？是啊。」

小璃很乾脆地承認了。她一副理所當然的樣子，輕描淡寫地這麼說。

「不對，這明明就是大事吧！」

「哇！」

「朱莉，妳怎麼突然大叫？」

「原來小璃不是第一次住在你家嗎！」

我大受震撼，轉頭逼問學長。

學長好像被我嚇到，有點害怕地點了點頭。

「是啊。她偶爾會住在我家。不過都是在我的老家。」

「學長的老家……！」

「因為父母經常不在家，所以我常去學長家讓他們招待晚餐之類的。」

「說什麼讓我們招待，妳明明就是來蹭飯的。」

「你要這麼說也不是不行啦。」

她竟然還在學長家裡吃晚餐……！

好過分……小璃太過分了！

「不過，學長的父母跟諾亞都很歡迎我喔。」

「諾亞？」

「就是學長家養的貓。」

「咦！妳是說學長Line的個人資料裡的那隻貓嗎！」

「就是那隻。」

學長把Line的個人資料頭像設定成一隻黑貓的照片。

我們加好友的時候稍微聊了一下，我知道那是學長家裡養的貓咪，可是……！

「不是諾亞，是諾瓦。話說……牠有跟妳很熟嗎？」

「這個嘛……可能沒有很熟吧。畢竟牠經常在我睡著的時候踩我的臉。」

「啊，好像真的有過這種事。諾瓦都會在早上進來我房間，跳到我的肚子上叫我起床。」

「而且牠每次都把我的臉當成跳台，每次睡醒的感覺都糟透了。」

學長和小璃開心地聊著往事。

不過，聽完剛才這些話，我發現了一個事實——

「難不成……你們睡在同一個房間裡嗎！」

「嗯。」

「竟然說得這麼輕鬆！」

我忍不住叫了出來，讓學長和小璃看向彼此。

「畢竟那是國中時代的事情，我當時經常讓她陪我練習到很晚……結束後只要聽到她說『我爸媽今天不在家』，就會覺得讓她陪我練習很不好意思，請她到家裡吃晚餐也很正常……」

「其實我是為了去學長家吃晚餐，才故意陪他練習的。」

「我想也是。」

學長跟小璃兩個人一搭一唱，讓我有種心頭一緊的感覺。

他們之間確實有著在國中時代培養出來的感情，雖然那種感情和戀愛不太一樣，我還是非常羨慕。

「不過，我覺得像朱莉這樣直接到學長獨自居住的套房過夜，比較厲害。」

「我、我是因為……要用身體幫哥哥當抵押！」

「啊～妳確實說過這件事呢。」

「所以這樣一點都不奇怪！」

老實說，我自己也覺得用身體當抵押這個理由很奇怪，但要是連我都否定這個理由就本末倒置了。

因為……如果不拿出這種亂七八糟的理由，就無法讓我跟學長建立連繫……！

「是啊，小朱莉是為了幫昴當抵押才會來到我家。她跟妳不一樣，不是另有企圖。」

「嗚……！」

學長肯定是故意幫我說話，免得讓小璃覺得我是個奇怪的女孩，但其實我完全就是另有企圖……！

聽到學長說得這麼肯定，可見小璃確實沒有說錯，我的攻勢說不定完全沒有對他產生效果。

反倒覺得小璃跟學長的關係比我還要好……嗚嗚，自己實在太沒用了……

「學長還是一樣沒變呢。」

「妳這句話是什麼意思？」

「就是字面上的意思。」

小璃傻眼地嘆了口氣。

雖然我不得不懷疑學長對於戀愛這方面的事情很遲鈍，但也無法單方面指責他。

因為還是會覺得害怕。

要是我主動告白，被學長拒絕了，現在這種幸福的時光可能就會結束……這種恐懼一直盤踞在腦海中，不讓我踏出那一步。

不過無所謂。

因為對我來說，這段可以跟學長一起相處的時光既開心又快樂，而且絕對無法被取代……所以願意繼續保持現況。

「是不是該熄燈了？」

發現我不太說話後，學長問了這個問題。

知道學長有在注意我，讓我覺得很開心，於是忍不住笑了。

「好的，學長！小璃，妳也該睡覺了！」

「好啦～」

「那麼，小朱莉、實璃，晚安。」

「學長晚安！」

看到我興奮的樣子，小璃忍不住苦笑。

她可能覺得我很幼稚，讓我有點難為情，但感到開心畢竟是無法否認的事實。

雖然心裡的不安沒有完全消失，不過這是另一回事。

我感受著學長帶給自己的溫暖幸福，靜靜地閉上眼睛。

第4話　關於許久不見的朋友還是一樣煩人這件事

後來又過了幾天，與昴約好去海邊玩的日子轉眼間就到來了。

「妳們兩個都準備好了嗎？」

「準備好了！」

「好了……呼……」

小朱莉一大早就精神百倍地回答我，但實璃話還沒說完，就大大地打了個呵欠。

她們兩人的反應完全相反，讓我忍不住苦笑。

昴好像已經來到這附近。我決定先打通電話問他人在哪裡。

懷著這種想法打開家門——

「早～安……」

「嗚哇！」

結果發現昴早就站在門口等了。

「原來你早就到了喔！」

「哈哈……畢竟機會難得，想給你個驚喜，才會站在門口等……」

昴喘著大氣，對我豎起拇指。

總覺得他的臉色不太好看……這傢伙該不會……

「你到底等了多久？」

「嗯……幾個小時前？求，不好意思，可以麻煩給我一杯水嗎……？」

看到昴顯然一副快中暑的樣子，我發自內心覺得這傢伙是個笨蛋。這甚至讓我感到放心。

「哥、哥哥，你沒事吧？」

「喔喔……My sister……」

看到哥哥虛弱的樣子，小朱莉嚇了一跳，立刻送上麥茶。

「咕嚕……咕嚕……呼哈！活過來了！求，都是你害的！還以為自己死定了！」

「你怪錯人了吧！」

「竟然讓我在這種大熱天等你出來……！」

「是你自己要在外面等的吧！」

「我想說朱莉跟你在一起。她那麼精明能幹，你們說不定會提早出門……想不到你們竟然拖到最後一刻才出來……」

「哦，那是因為……」

我看向房間裡面。

實璃很敏感地察覺到我們在出發前遇上麻煩，便開著冷氣在耍廢。

我覺得如果家裡只有小朱莉，我們可能真的會提早出門，但現在家裡還有實璃。

畢竟對於耍廢到最後一刻這種事，那傢伙有種莫名的堅持……

「奇怪？為什麼你家裡還有其他女孩！」

「呃……這是因為——」

「而且還是個美少女！你該不會腳踏兩條船吧！大哥我不會接受這種事喔！」

「我才沒有！也不記得你什麼時候變成我大哥了！」

「你這個笨蛋！我不就是朱莉的大哥嗎！」

「原來如此……」

「不過，我也不介意當你的大哥啦！」

「為什麼啊！」

儘管已經很久不曾見面，但我還是一樣被昴這個嗨咖影響，忍不住激動了起來。

小朱莉興致盎然地看著我們兩個，實璃則是完全無視……那傢伙是不是睡著了？

「話說回來，我怎麼覺得自己好像見過那女孩……？」
「哥哥，她是小璃啦。」
「小璃……我想起來了！小璃就是朱莉的朋友嘛！」
看來昴還記得實璃這個人。
畢竟昴基本上是個好色的傢伙，我也不認為他會忘記。
「好久不見了！小璃璃！」
「好久不見。小哥哥。」
實璃慵懶地躺著耍廢，只開口打了聲招呼。
雖然這樣非常沒禮貌，但昴好像沒有放在心上——
「……她是不是有點太過放鬆了？」
反倒在意起有點不好解釋的事情。
「我還以為小璃璃是朱莉的朋友，只是為了去海邊玩，才暫時來這裡集合耶～」
昴瞇起眼睛輪流看向我和實璃。
因為我懶得解釋太多，所以沒有事先告訴他實璃也要去。
原本是希望有個美少女要參加，可以讓他不去在意這件事……看來還是沒辦法。
「可是，小璃璃看起來非常自在，簡直就像是把這裡當成自己家耶～？」

「畢竟她本來就是這種個性嘛……」

「那個……哥哥，其實學長跟小璃是來自同一間國中啦！」

正當我遭到昂陰險的言語攻擊時，小朱莉跳出來幫忙解圍。真是個好女孩……！

「你們竟然是同一間國中！求，你怎麼沒告訴我這件事！」

「我又沒理由告訴你。」

「這種事照理來說不是都要據實相告嗎！」

「為什麼啊！」

不管我們的感情有多好，要是連這種不重要的國中時代交友關係都要互相報備，感覺就太噁心了。

更何況，我也不曉得昂國中時代的交友關係。

正當自己被昂莫名其妙的邏輯耍得團團轉時，突然有個東西跳到我背上。

「嘿咻。」

「什麼！」

「不會吧！」

「……咦？」

昂和小朱莉立刻做出反應，雖然比他們慢了半拍，我也搞懂發生什麼事了。

實璃像是個要大人揹的孩子，從背後抱住了我。

「我們兩個就是這種關係。」

「「「到底是什麼關係啦！」」」

「唔，竟然全員吐槽。話說，為什麼連學長都要吐槽？」

「小、小、小璃……！」

「啊，朱莉也要爬上來看看嗎？感覺意外地還不錯喔。」

「拜託別把我當成遊樂園的遊樂設施啦！」

「……（吞口水）」

「小朱莉！怎麼連妳都這樣！」

小朱莉不知為何邊吞下口水邊看了過來。

難不成我還擁有不為人知的才能，可以變成時下女高中生的坐騎嗎……！不過，想也知道不可能有這種事。

「你果然是腳踏兩條船對吧！這個教壞小孩的傢伙！我要替天行道！」

「嗚哇！笨蛋！別拍照啦！」

「小哥哥，你要把我拍得可愛點喔。來，朱莉也比個V吧。」

「V……？」

「妳不用聽她的！」

我先與實璃拉開距離，然後過去制止讓手機不斷發出拍照聲的昴——但還是被他靈活地躲過了。

「嘿嘿！要是以後有需要，我就把這張照片放到網路上！」

「你這傢伙簡直爛透了！」

「不過，這樣連朱莉的長相也會跟著曝光喔。」

「對喔！」

「哥哥……」

「嗚……！」

小朱莉深深地嘆了口氣，聲音中夾雜著輕蔑與無奈。這聲嘆息似乎對昴這個妹控造成極大的打擊，他發出呻吟倒在地上。你這傢伙最好直接成佛吧……！

「可是，學長和小璃也有不對！你們不能貼得這麼近啦！」

「抱、抱歉……」

「啊哈哈。朱莉，只是開個小玩笑啦。」

我乖乖地道歉，然而實璃看起來毫無反省，就這樣走向小朱莉——然後緊緊地抱住她。

「呀啊！」

小朱莉似乎也沒料到她會這麼做，驚訝地叫了出來，整個人完全僵掉。

因為小朱莉沒有反抗，讓實璃得寸進尺，抱著她把臉頰貼上去磨蹭。

「朱莉，對不起呢。我不該讓妳感到寂寞的。不過放心。我是只屬於妳一個人的東西。」

「小、小璃，我不是那個意思……！」

「還是說，妳是因為其他事情感到嫉妒？」

「嗚、嗚……！」

這到底是在演哪齣啊？

總覺得不該直視這個畫面，但這裡畢竟是我家，也無法視而不見……

「既然我已經抱過學長，也跟妳擁抱過了……接下來就輪到妳跟學長擁抱了。」

「咦？」

「妳說什麼！」

「別懷疑了，快點抱一個吧。」

她怎麼得到這種結論的！我還來不及搞懂現在的狀況，實璃就把小朱莉推過來。

儘管感到困惑，小朱莉還是就這樣被她推著走過來，因為這間屋子很小，我也無處可逃……！

「大家好～！姊姊來玩了喔～！」

「「嗚哇！」」

另一道聲音突然在屋裡響起，於是我們慌張地拉開距離。

我還聽到兩個感到遺憾的嘆息。嘆息聲的主人是實璃和昴——話說昴！怎麼連你都等著看好戲啊！

「咦？我是不是打擾到你們了？」

而這位搞不清楚狀況的不速之客——就是歪頭看著我們的結愛姊。

不過，她在某種意義上應該算是救兵才對。

「求……還有小朱莉也是，你們的臉怎麼紅透了？」

「沒、沒那種事！」

「是嗎？話說回來，我們約好的時間早就過了喔～」

結愛姊一邊向我抱怨，一邊走進屋裡。

雖然結愛姊不是頭一次來我家，但她還是太不客氣了。

「抱歉，結愛姊。我們這邊剛好出了點狀況……」

「我是無所謂啦……啊！發現陌生的美少年和美少女了！」

她草草帶過我的道歉，很快就把注意力轉到初次見面的昴和實璃身上。

真是太好了……不對，現在放心還太早，畢竟她可是很會記恨的……

「很高興認識妳！我叫宮前昴！」

「很高興認識你，我是求的堂姊，名叫白木結愛！你就是小朱莉的哥哥嗎？嗯～確實長得很帥，完全夠資格當小朱莉的哥哥呢。」

「嘿嘿，沒這麼誇張啦！」

結愛姊直白地這麼稱讚，讓昴露出爽翻天的表情。

算了，嗯……這也算是一件好事吧。

「大姊也跟我聽說的一樣漂亮啊！」

「聽說？」

「對，是求說的！我曾經去貴店好幾次，想要親眼拜見您的尊容，但每次都很不湊巧……有幸見到本人，小弟深感榮幸！」

結愛姊斜眼看了過來，眼神中帶有幾分笑意，像是在說：「原來你在背後都是這樣說我啊。」

畢竟……結愛姊長得漂亮是事實，既然有人向我打聽她的長相，當然也只能實話實說。

話說回來，昴的態度會不會太客氣了？而且還一副色瞇瞇的樣子……你這傢伙不是有女朋友了嗎？

「對了，那女孩又是誰啊？」

「啊，我是……」

接著被盯上的實璃身體抖了一下，眼神到處亂飄。

儘管實璃不算是個怕生的女孩，還是比昴這個社交能力超強的怪物弱了一截，突然要她應付結愛姊這個超級嗨咖，或許太勉強了吧。

「結愛姊，她是——」

「我是學長——不，我是求哥的妹妹。」

「咦！」

「小璃？」

「原來是這樣嗎！」

結愛姊的眼睛閃閃發光，小朱莉大吃一驚，昴則是完全被騙到了。

看到眾人露出完全不同的反應，讓實璃看起來有點滿足，但我只覺得非常尷尬。

「既然妳是求的妹妹，那不就是我的堂妹嗎！所以是私生子嗎！」

「嗯，就是這麼回事。」

「根本沒有那種事吧……」

「不過如果真的是這樣，我們這次去海邊玩，就好像變成一趟家庭旅行了呢。」

「家庭旅行？」

「是啊，因為我是你的堂姊，你妹妹就是你妹妹。至於小朱莉跟昴……呵呵，說不定會變成我們未來的家人呢♪」

「結愛姊！妳在說什麼啊！」

結愛姊別有深意地這麼說，結果是小朱莉最先做出反應。

「好啦，閒聊時間到此結束，我們差不多該出發了，反正在路上還能繼續聊。」

未來的家人不就是……啊！就算結愛姊只是開玩笑，這也實在太超過了吧……！

明明就是她把場面搞得一團亂，現在又主動喊停，這人也未免太過隨興了吧？

不過，或許我該為此感到慶幸。畢竟在網路上引發論戰的時候，要是隨便做出反應，也只會讓爭議愈演愈烈……

雖然很想幫小朱莉說幾句話就是了──

「那就出發吧！美少女們！大海和泳裝正在等著我們喔！」

結愛姊拉著小朱莉和實璃的手，快步走出家門。

「……總覺得她比傳聞還要厲害多了。」

「……是啊。」

我切身體會結愛姊那種連昴都招架不住的破壞力，就這樣展開這次的旅行。

◇◇◇

後來，我們來到約好碰面的地點，也就是我家附近的停車場，卻遇到一個問題。

「傷腦筋……我們有五個人，車子卻有兩輛……」

沒錯，停車場停著兩部車。

一輛是結愛姊的車，另一輛則是昴租來的車。

兩輛都是常見的轎車，只要一輛就足以載所有人了。

「對喔，我倒是沒想過這個問題。早該想到大姊姊也會開車呢……」

昴失望地垂下肩膀。他才剛考到駕照，應該正想好好表現一下吧。

「不過，這也不是什麼壞事吧？大家都不是小孩了，三個人坐在後座有點擠，而且我們還要過夜，也有不少行李要載。」

「求……！」

我覺得自己說這些話很理所當然，昴卻不知為何感激地看著我，感覺有點噁心。

沒錯，我們這次去海邊玩，會是一趟兩天一夜的小旅行。

雖然是因為昴說要去海邊玩，才會開始規劃這趟旅行，但結愛姊又剛好有朋友在海邊經營旅館，我們才會決定多住一晚，澈底享受這個夏天。

可是，既然有辦法做好那麼多規劃，就應該事先決定好交通工具，租一輛比較寬敞的廂型車……結果我沒想到這個問題，可說是最大的戰犯……

「昴，總覺得對你不太好意思……」

「怎麼說？」

「就是……」

「話說，我們等一下該怎麼分組？難得有這個機會，我實在很想展現一下自己的開車神技！」

也許是察覺我的表情變得陰沉，昴故作開朗地這麼說，像是要改變氣氛。

他在這種時候這麼貼心，實在幫了一個大忙，也讓我非常尊敬。

昴說得很對……難得有機會去海邊玩，過錯可以留到以後再來反省，現在應該盡情享受才對！

「我覺得可以先把結愛姊和昴分成兩組。」

「那這兩位美少女我都要了♪」
「哇！結愛姊！」
「呀啊～」
「什麼！大姊，妳這樣太卑鄙了吧！」
「嘿嘿嘿～先搶先贏♪」
她是小屁孩嗎！明明已經老大不小，這樣是不是嗨過頭了？
「嗚嗚嗚……求！你會來我這組對吧！」
「當、當然會啊。」
「咦？小求要背叛我嗎？」
「要是妳連求都不留給我，就真的太過分了！」
昴才剛考到駕照，而且這八成是他頭一次開車上路。
乘客只有我或許有些無趣，應該還是好過讓他獨自開車吧。
而且我也擔心他會因為想耍帥，不小心做出什麼蠢事。
「學長。」
「小朱莉，有什麼事嗎？」
「那個……我是不是應該過去你們那組？讓你一個人應付我哥哥，總覺得不太好意思……」

「謝謝妳的好意。不過，我比較希望妳待在結愛姊那組。畢竟這次負責訂房的人是她，而且……她跟實璃還是頭一次見面，我覺得讓她們兩人獨處也不是好事。」

「啊……說得也是。」

雖然把這個任務交給小朱莉，讓我有點過意不去，但這種分組方式說不定才是最好的。

而且只要我也坐在車上，結愛姊的壞習慣就會發作。如果乘客是小朱莉她們，應該沒問題才對……

「小朱莉，我還是把這個交給妳吧。」

「這是……暈車藥嗎？」

「嗯。這是給妳跟實璃吃的。我是覺得應該不會有問題……結愛姊偶爾還是有獨特的開車風格。」

「謝謝學長！」

既然已經把暈車藥拿給她，不會有問題吧？再來就是把行李放到昴的車上，因為裡面還有很多空間——

「那個，學長……」

「怎麼了嗎？」

「等我們到了海邊，一定要玩個過癮喔。因為我非常期待跟你一起去玩！」

「……嗯，當然沒問題！」

小朱莉很自然地過來關心，但她當然也該盡情玩耍，而且我也一樣。

我這個認識所有人的傢伙覺得自己必須帶領眾人，所以太過緊張了。小朱莉肯定是看穿我的心態了吧。

「抱歉……不，應該說謝謝才對。」

「欸嘿嘿，我一直都在看著學長喔。」

小朱莉露出羞澀的笑容，讓我不由得看入迷了。

小朱莉說一直都在看著我，讓自己覺得有些難為情，但也感到有些放心，再次體認到她對我有多麼重要。

◇◇◇

「原來如此……所以小璃璃才會說她是你妹妹嗎？」

「是啊，起因就是我們在國中時代的對話。」

我坐在副駕駛座上，把手機收到的地址輸入導航系統，同時點了點頭。

車子已經上路，這輛車裡就只有我和昴兩個人，就跟我們事前討論的結果一樣。因為機會難得，決定先解開他剛才以為我腳踏兩條船的誤會。

「不過，這個世界還真小。想不到朱莉的摯友竟然是跟你關係很好的學妹——」

「那傢伙突然過來的時候，我也嚇了一跳。」

「但還是覺得有些意外。那女孩給我一種毫無幹勁，或許也能說是冷酷的感覺，想不到她竟然會做出這種突然登門拜訪的惡作劇行為。」

「其實那傢伙還挺幼稚的。不過，我只記得她在國中時代做過的事情，所以她當時也真的還是個小鬼頭。我們兩個都一樣。」

地址總算輸入完畢，螢幕上顯示出從這裡開往目的地的路徑。

這樣我就幾乎沒事可做了。畢竟昴明明才剛考到駕照，車子卻開得四平八穩。

「嘿嘿，其實教練經常稱讚我很有天分喔。」

「是喔……聽起來好像很厲害的樣子。」

「求也去考駕照吧。只要參加集訓，很快就能考到了喔。」

「那也要等我存夠錢才行……」

話雖如此，我覺得如果要在這裡跟老家附近生活，只要有電車與公車就夠了，好像沒必要特地自己開車。

「可是難得有這個機會，我還真想載朱莉一趟。這樣她說不定會對我另眼相看，還會說：『哥哥帥斃了！』」

「哈哈……」

我記得他打電話過來時，好像也說過同樣的話，毫不隱瞞自己另有所圖的事實。

可是——

「你這個讓自己妹妹用身體當抵押的傢伙，竟然還好意思說這種話。」

「嗚……！」

到頭來還是得回到這個問題。

不管他到底有何盤算，都無法避免這個話題。

「這個嘛……我也是逼不得已的。」

「……我是不打算逼你從實招來啦。畢竟小朱莉真的幫了很多忙。」

「是喔～！那可真是太好了！」

昴開心地笑了。聽到我稱讚小朱莉，他這個哥哥應該也覺得很驕傲吧。

「反正朱莉看起來好像很開心，我也覺得很高興。」

「昴，你這傢伙……」

「別誤會，把自己妹妹送去當抵押，我也是覺得很痛苦的。都是因為那個人是你，我才敢這麼做。」

「就算你信任我到這種地步……」

畢竟自己可是每天晚上都得拚命保持理智。

雖然小朱莉應該不是故意要這麼做，我們之間的距離還是變得愈來愈奇怪。

「話說回來，你現在是不是很期待看到女孩們穿泳裝的樣子？」

「……你話題轉得還真硬。」

「沒那種事，早在跟你兩人獨處的時候，我就一直想聊這個話題了。」

「是喔……」

有女孩子在場的時候，確實不太方便聊這個話題。

因為我剛剛還在思考自己跟小朱莉之間的距離，突然聽到泳裝這兩個字，腦海中差點浮現奇怪的畫面。

「喂，你覺得她們會穿什麼樣的泳裝？」

「泳裝啊……讓我想想……？」

我記得小朱莉跟實璃昨天去買泳裝了。因為她們兩個原本都沒計劃去海邊玩，所以當然沒把泳裝帶過來。

因為自己當時留在家，當然不曉得她們買了什麼樣的泳裝，也實在想像不出來。

不過……雖然她們三個都是無可挑剔的美女，結愛姊是我的堂姊，實璃也早就跟她宣稱的一樣，感覺像是我的妹妹，讓自己不太願意想像她們穿泳裝的樣子。

因為這個緣故，我只在意小朱莉會穿什麼樣的泳裝……不，不行！小朱莉可是這傢伙的妹妹！在她哥哥面前想像她穿泳裝的樣子，實在太糟糕了！

「話說啊！我還是最期待那位大姊的泳裝了！」

「你是說結愛姊嗎？」

「是啊，畢竟就連穿著衣服，都能看出她身材超棒了！而且個性豪爽，給人一種很開放的感覺……說不定連泳裝都很大膽！」

明明是昴先問我問題，但他還沒等我回答，就繼續說下去。不過，這其實幫了我一個大忙。

話說回來，這傢伙明明知道結愛姊是我的親戚，卻好像完全不在乎的樣子。

我也知道昴最喜歡結愛姊那種類型的女性就是了。

「你不是已經有長谷部同學了嗎？」

「我這可不算是出軌喔。就算已經有女朋友了，看到寫真偶像還是會覺得對方很可愛，這兩者是一樣的道理。」

「真的是這樣嗎？」

「當然是啊。而且要是覺得其他女生可愛就算出軌，如果我沒有女朋友，不就等於這些女孩全是真愛了嗎？」

「有道理……」

這點確實就跟昴說的一樣。也許是因為我沒交過女朋友，才會變得太過敏感……

「只要你也交個女朋友就會懂了啦！」

「想要交個女朋友沒那麼容易吧？」

「以你的情況而言，這很難說呢。」

「你這話是什麼意思？」

「糟糕，我得專心開車！」

雖然我覺得昴這句話非常耐人尋味……但他八成只是誤會了。

我從以前就跟談戀愛這種事無緣，甚至不明白和女生交往的契機為何。

不過，這種事情也得先有個對象再說，就算我想太多也沒用——

「喂，昴，你是不是應該在剛剛的路口轉彎？」

「咦！我們應該走剛才那條路嗎！」

「好像是……糟糕！新的導航路線要繞一大圈耶！」

「那……那我們現在該怎麼辦！」

「放、放心吧！別緊張！反正就算會多花點時間，也一定能抵達目的地！」

不小心走錯路的焦慮，還有焦慮可能會造成意外的緊張情緒，讓車內瞬間籠罩嚴肅的氛圍。

剛才那種悠閒的氛圍與話題當然也被我們拋到腦後，把精神集中在開車上。

第5話
關於大家一起享受大海這件事

「「嗚喔喔喔喔喔喔喔！」」

是大海！大海出現在我們眼前了！

昴與我像是回到童年，同時發出開心的歡呼聲。

「為什麼大海會如此讓人興致高昂呢？」

「不知道……！不過我現在還是超級興奮！」

實際來到這裡之前，我還覺得大海也不過就是那樣。

雖然我家附近沒有海，還是經常可以在影片裡看到，而且日本又是島國，只要想去海邊玩，很快就能抵達。

電視上經常出現那種一群人在海邊興奮玩耍的場面，我一直覺得他們太誇張了。

不過現在實際來到海邊，感覺卻完全不一樣了！

不管是海風的味道，還是從沙灘上傳來的嬉笑聲，甚至是平常令人討厭的烈陽，都令我感到雀躍不已。

對了，自己好像很久不曾來海邊玩了……！

去年都忙著念書，雖然前年與大前年曾跟昂與其他高中朋友去游泳池玩，卻不曾到海邊玩。

而我在國中時代忙著參加社團活動，根本不曾出過遠門……仔細想想才發現，上次到海邊玩好像是小學時代的事情了吧？

「三個女生好像已經先到了，她們應該得花不少時間換衣服吧？」

「結愛姊有跟我聯絡。反正我們一瞬間就能換好衣服，就先過去找位子吧。」

「沒問題！」

因為特地去更衣室換衣服也很麻煩，我們就在車子裡迅速換上泳褲了。

順帶一提，昂早就把泳褲穿在褲子裡，所以我請他先去把行李從後車廂拿出來。

可以從停車場把整片海灘盡收眼底，實在是太犯規，也太令人興奮了……！

我們立刻開始做準備，快步跑到海灘上。

雖然海灘上很熱鬧，但還不至於完全沒有位置，我們很快就找到不錯的地點。

這裡真不愧是結愛姊選擇的地方。不光是在國外，她靠著驚人行動力與社交能力建立起的人脈，就連在國內也能澈底發揮功效。

我們攤開海灘墊，並且插好遮陽傘。順帶一提，這把遮陽傘是結愛姊的東西。她知道我們兩個男生會比較快做好準備，才把遮陽傘放在我們的車上，結果完全被她猜中了。糟糕，好像有點尊敬她了……！

「搞定！再來只剩下等女神們降臨了！」

「說什麼女神……你也未免太誇張了吧？」

「一點都不誇張好嗎！她們三個都是超級大美女耶！」

他這麼說也確實沒錯。

因為自己的親人也是其中之一，而我也不是昴那種妹控，聽到他說得這麼誇張，心裡當然會覺得有些抗拒，但在這片幾乎都是家族遊客的海灘上，她們三個確實應該會很搶眼。

我自己也得做好心理準備，免得等一下不小心出洋相——

「學長～！」

「唔！」

來、來了！

儘管學長這兩個字很常聽見，不是只針對我的稱呼，但會用那種溫和語氣說出這兩個字的少女，就只有一個。

我不敢回頭，因為她現在……穿著泳裝啊……

「朱莉，妳來啦！看，這就是我們的城堡！」

「說什麼城堡……不就只是立了一把遮陽傘嗎？」

聽著兄妹兩人親暱的對話，我儘量保持自然地回過頭去——

「啊……」

我一句話都說不出來。

還以為她會選擇連身泳裝。

雖然小朱莉有時頗為大膽……也會做出大膽的行為，但基本上是個害羞的女孩。

她經常臉紅，也會低頭偷看我……就連覺得她很大膽的時候，也經常都是因為沒拿捏好分寸，才會不小心暴衝，所以——

「學長，讓你久等了！」

實在想不到她竟然會選擇穿這種比基尼泳裝……

「那個……你覺得怎麼樣？我的泳裝好看嗎？」

小朱莉就跟平常一樣，怯生生地抬眼偷看我。

不過，她身上穿著小號的比基尼泳裝。雖然不知道詳細的名稱，但那是一套感覺很成熟的紅色比基尼泳裝……老實說，她穿起來非常合適。

平常總是自然披散的黑色長髮，現在被綁成一束馬尾，散發一種健康的美感。

這身打扮很適合兼具可愛與美麗的她，讓我更不知道自己該看哪裡了。

「這個嘛……」

「難、難不成看起來很奇怪嗎！聽說這是今年夏天最流行的款式，我也覺得有點太搶眼了，但店員小姐跟小璃都說我穿起來很好看……當然知道店員小姐是要推銷商品，小璃又是那種個性，很可能只是跟我鬧著玩，不過自己照了鏡子後也覺得不錯，所以就……啊哈哈……」

小朱莉說得很快，語氣卻變得愈來愈弱。

昴從她身後瞪著我看……自己當然知道該怎麼做。

我不希望因為自己的害羞，讓小朱莉覺得沮喪。

感覺自己緊張得說不出話，但還是努力看向她——

「辣個……！」

「……辣個？」

糟糕！不小心結巴了！

小朱莉歪著頭似乎覺得莫名其妙。我的臉頰好燙……！

自己試著找回平常心，仰望天空做了好幾次深呼吸。

原本瘋狂亂跳的心臟恢復平靜，火熱的臉頰也冷卻下來後，我重新面對小朱莉。

「我覺得妳穿起來很好看喔。」

太好了，這次說話沒有結巴。

「你說很好看，到底是哪裡好看呢？」

「咦？」

「就是……不是還有很多種說法嗎？例如穿起來很合身，或是很可愛之類的。」

小朱莉看起來有些害羞，但她似乎對我的感想覺得不滿意，才會繼續追問。

老實說，光是要我說出剛才的感想，就已經很不容易了……唉，反正頭都洗下去了，那就洗到底吧！

「妳真的……非常可愛。」

我說出來了！儘管後半段說得很小聲，還忍不住別開視線。

她應該不會覺得很奇怪吧？現在反倒是我感到不安，忍不住重新看向她——

「欸嘿嘿……謝謝學長……！」

小朱莉羞紅著臉，對我露出開心的微笑。

（好可愛……）

我差點忍不住說出同樣的感想，但不是針對她穿泳裝的樣子。
好不容易才把這句話吞回去，她應該沒有聽到吧？
「哼！」
昴露出得意洋洋的表情，在小朱莉身後對我豎起拇指。
……嗯，多虧有他的幫忙，我好像冷靜下來了。
「朱莉。」
「啊，小璃。」
「恭喜妳。」
「嗯！這都是妳的功勞喔～！」
實璃比小朱莉晚一步來到這裡，她穿著一件防曬衣，把身體包得緊緊的。
我似乎看到昴露出失望的表情。
「……有意見嗎？」
「咦？妳是在說我嗎？」
「我看你好像很失望的樣子。」
我並沒有感到失望……但實璃本來就喜歡說這種話。
「我脫掉衣服可是很厲害的喔。」

「咦？」

「裡面說不定什麼都沒穿。」

「…………」

雖然她故意說話挑逗我，但看表情就知道她在說謊。

這句話聽起來也很假，這傢伙到底想做什麼？

「學、學長！」

「咦……？」

「你不可以胡思亂想喔！」

小朱莉緊緊抱住我的手臂，不讓我繼續亂想。

因為她穿著泳裝，可以直接感受到身體的觸感……怎麼覺得這樣反倒更會害我胡思亂想……！

「小璃也有不對！女孩子不可以說那種話喔！我明明就看到妳裡面有穿了！」

「好啦。朱莉，是我錯了。」

實璃乾脆地低頭認錯，還露出不懷好意的笑容。原來這傢伙是想捉弄小朱莉嗎？

「妳放心，我可不想遭天譴。」

「咦？遭天譴？」

「因為破壞別人的感情啊。」
「破壞別人的感情……啊！學長對不起！」
「呃……沒關係啦。」
看來小朱莉是在不知不覺中抱住我的手臂，聽到實璃這麼說就立刻放開了。
不對，我到底在捨不得什麼啦！人家又沒有那種意思！
「對、對了，結愛姊人呢？」
「我們離開更衣室的時候還在一起，回過神來她就失去蹤影了。」
「失去蹤影？聽起來好像很嚴重……！」
「不，我覺得沒那麼嚴重，應該不會有事才對。」
畢竟她可是結愛姊，雖然我們很久不曾一起出門，但我大概知道她遇到什麼事。
「你也稍微替我擔心一下嘛～」
「嗚！」
我聽到嬌聲嬌氣的聲音，還感覺到有兩個柔軟的物體壓在背上。
因為完全沒有心理準備，有一瞬間還以為自己要失去意識了。
「唔！」
「啊，這樣不公平啦！」

「喔喔～」

小朱莉倒抽了一口氣，昴大聲抗議，實璃看著我們鼓掌。

即使看不到自己的樣子，我還是很清楚現在是什麼情況。

我被突然出現的結愛姊從後面抱住了。

「讓大家久等了♪因為我剛才在那邊被人搭訕了！」

「我就知道……」

「這句話是什麼意思？如果你早就知道我會被搭訕，不是應該更替我擔心嗎？」

「反正妳早就習慣了吧。」

結愛姊被人搭訕早就不是什麼新鮮事了。

我從小就經常在全家出遊的時候，跟結愛姊一起出門，但是不管我們去到什麼地方，她經常被人搭訕。

「被人搭訕……！」

「咦～原來是這樣嗎？」

「是啊，這一帶比較冷清，不太需要擔心這個問題。因為只要再開車過去一點，就有一個比這裡更受歡迎的海灘，所以那些人都聚集在那裡了。」

原來如此，難怪這裡感覺起來比較冷清。

「剛才那些人好像也不是老手，還問我是不是模特兒呢！」

「是喔……」

「你也稍微關心一下自己堂姊吧。」

我隨口應付她幾句，結果臉頰就被捏了。好痛。

話說回來，真希望她趕快放開我。

「還是說……」

結愛姊用只有我能聽見的音量，在我耳邊小聲低語。

也許是我想太多，好像能感覺到有人在盯著自己看。

「跟我比起來，你更在意小朱莉呢？」

「什……！」

「被我猜中了？」

結愛姊露出奸笑，還故意把我的頭髮弄得一團亂。

在被結愛姊捉弄的同時，我只擔心被小朱莉聽到她剛才說的那些話。

萬一被小朱莉聽到那些話，說不定會招來不必要的誤會……我提心吊膽地看向小朱莉，結果發現她正瞪著我看。

「嗚……」

她氣得鼓起臉頰的樣子，讓我覺得很可愛。

「好像有點玩過頭了呢。小朱莉，對不起喔。來，現在就把小求還給妳！」

「嗚哇！」

「學、學長……！」

她使勁從背後推了一下，害我差點跌倒，但小朱莉及時接住我。

要是沒有小朱莉，早就摔個狗吃屎了……！

「結愛姊……！」

「哎呀，我推太大力了嗎？小朱莉，接得漂亮喔！」

她笑了出來，看起來毫無反省之意。

沒錯，這就是結愛姊。她心情好的時候總是這樣。

我知道抗議也是白費力氣，忍不住嘆了口氣。

◇◇◇

後來——

「我還得先擦防曬乳，你們先去玩吧。」結愛姊這麼說道。

「那讓我來幫妳擦吧！不，請務必讓在下幫忙！」昂立刻毛遂自薦。

「我有點暈車，想休息一下。」實璃坐了下來……

這群人還真是自由奔放。我懷著這種想法邁出腳步，準備跟小朱莉一起下海玩耍，可是——

「啊，學長對不起！我有東西忘了拿，你先過去吧！」

現在連小朱莉都走掉了……結果我只能單獨行動。

「總覺得有點寂寞……」

因為剛才還那麼熱鬧，周圍的遊客也都跟家人、朋友與情人玩得很開心，讓我覺得更寂寞了。

早知道就跟小朱莉一起回去了。雖然心裡這麼想著，但現在回去也很奇怪，結果我就這樣獨自來到水邊。

「喔喔……」

不過，大海果然非常壯觀。

被浪潮打濕的沙灘十分柔軟，踩起來很舒服，打過來的波浪輕撫著雙腳，感覺起來癢癢的——總覺得有點感動。

還記得自己小時候曾經衝向這種小小的波浪，結果摔了一跤，還笑得很開心。

雖然記憶已經有點模糊，但那種懷念的感覺，還是稍微撫慰了我沮喪的心情。

「欸欸，大哥哥！」

「嗯？」

聽到有人這麼叫，我轉頭一看……發現有兩個疑似還在讀小學的女孩子抬頭仰望著我。

「你在這裡做什麼啊？」

「妳問我在做什麼？呃……應該是散步吧？」

聽到我有些困惑地這麼回答，兩名少女看著彼此笑了出來。

「意思就是你現在很閒對不對？」

「他一個人站在這裡，一定很閒啦！」

「嗚……！」

這些話毫不留情地刺傷了我的心！

「既然這樣……大哥哥，你來陪我們玩吧！」

「咦？」

「大哥哥長得很帥，這樣我們也可以跟別人炫耀呢！對吧！」

「就是說啊……！」

兩名女孩抬頭仰望著我，而且雙眼閃閃發亮。

這就是傳說中的反向搭訕嗎？

我亂說的。她們還只是孩子，應該只是覺得這樣很好玩吧——

「欸～欸～如果是大哥哥，我願意嫁給你喔！」

「嫁、嫁給我？」

「因為人家對你一見鍾情了嘛！」

「我、我也是……！」

「那我們就一起嫁給大哥哥吧！我記得……這種事情叫做什麼來著？」

「重婚？」

「對！就是重婚！」

「哈哈……想不到妳們竟然知道這種艱深的詞彙。」

呃，我現在到底該怎麼應付她們……？

別說是反向搭訕了，甚至還被求婚了。而且她們的年紀可能還不到我的一半。

要是一個沒有處理好，現在這樣已經算是犯罪了吧……？而且犯罪者當然是我，不是她們。

「那個……妳們的監護人在哪裡？」

「監護人？」

「啊，抱歉。我是說，妳們的爸爸和媽媽在哪裡？」

「爸爸在陪哥哥玩耍喔！」

「他們兩個一直潛進水裡，感覺好無聊喔。」

原來如此，她們就是在這段時間自己亂跑的嗎？

「那妳們的媽媽呢？」

「媽媽在照顧一貴喔！」

「一貴？」

「一貴就是小海的弟弟喔，他還很小。」

小海……應該就是這女孩的名字吧？

聽她們的說法，她們家好像有四個孩子。

該不會是因為父母兩人照顧不來，她們兩個才會走丟了吧？

「妳們兩個自己亂跑，不是會害爸爸他們擔心嗎？」

「咦！真的會這樣嗎……？」

「小空，我們現在該怎麼辦……？」

糟糕。我並不打算嚇唬她們，但兩人原本開朗的表情都蒙上了一層陰影。

「別擔心，大哥哥會跟妳們一起回去道歉。」

「真的嗎！」

「是、是啊。」

「小海，太好了！」

「嗯！欸嘿嘿，這就是夫妻的首次共同作業呢……！」

「想、想不到妳們竟然知道這種艱深的詞彙呢……？」

……我說不定做錯事了。

早在我這個陌生的成年男子，跟兩個小女孩一起去向她們的父母道歉時，這件事在她們的父母眼中應該就算犯罪行為了吧？

可是，我又不能放著她們不管，現在也只能賭賭看了。

「欸～欸～大哥哥！你叫什麼名字啊？」

「妳問我嗎？我叫做求（Motomu）。」

「Motomu！」

「這個名字要怎麼寫啊？」

想知道寫法啊……沒問題。

我蹲下來，用手指在沙灘上寫出「求」這個字。

不過，這個年紀的孩子應該會覺得很難寫吧。

「就是這個字喔。」

「啊，我知道這個字！我想想……這個字是求婚的『求(Kyu)』！」

……小海，妳真的懂很多這種艱深的詞彙呢。

「所以你叫做求(Kyu)哥哥嗎？」

「啊哈哈，這個字寫成求，但應該唸『Motomu』才對喔。」

「咦？這樣好奇怪喔。」

「小空，大哥哥剛才就說過，他叫做求(Motomu)哥哥。」

在閒聊的過程中，我也逐漸搞懂她們兩個的個性了。

小空是個有點頑皮的活潑女孩。

小海是個懂得許多艱深詞彙的成熟女孩。

她們兩個是雙胞胎，小空好像是姊姊。

順帶一提，她們也在沙灘上寫下自己的名字，讓我知道寫法。

「妳們的名字都很棒呢。」

「謝謝大哥哥！」

「欸嘿嘿……」

雖然這其實不關我的事，還是希望今天能成為她們兩人的美好回憶。

尤其是小海，畢竟她可是來到了跟自己名字一樣的地方。

「話說回來，我現在到底該怎麼辦才好？要是就這樣把她們送回去，她們的雙親可能會有所誤會……」

「學長！」

「咦？啊，小朱莉！」

當我再次為此煩惱時，小朱莉正好回來了。

她右手拿著裝在防水盒裡的手機，那就是忘記拿的東西嗎？

「哇，妳好漂亮喔……」

「大姊姊，妳是公主嗎？」

「咦？咦？」

小空與小海立刻圍上去，讓小朱莉覺得一頭霧水。

看來小朱莉剛才沒有看到她們兩個。

「學長，這兩個孩子是誰？」

「她們是小空和小海……應該算是走丟的孩子吧？」

「才不是呢！我們是求哥哥的新娘子喔！」

「妳說什麼！」

「我們是鴛鴦眷侶喔。」

「不會吧！」

小朱莉大吃一驚，整個人往後仰。她該不會把這些話當真了吧……！

「那個……這只是她們兩個亂說的。」

「……真的嗎？」

她竟然懷疑我的清白！

「說不定學長其實就是喜歡這種小女孩……」

「沒那種事，剛才是這兩個孩子突然來找我說話。」

為了避免被兩個小女孩聽見，我拚命地小聲替自己辯解。

雖然我這個人還算喜歡小孩，但可不是那種有問題的喜歡，如果不把這件事解釋清楚，自己就會社會性死亡！

「大姊姊，我問妳喔。」

「什麼事？」

「妳跟求哥哥是什麼關係啊？」

「咦？」

聽到小空這麼問，小朱莉整個人愣住了。

「小三？」

「唔……！」

懂得許多艱深詞彙的小海，說出破壞力十足的關鍵字，這似乎讓無法做出反應的小朱莉大受打擊。

「咦咦！」

「我……我也是學——我也是求哥哥的新娘子！」

小朱莉，妳到底在說什麼啊！

「原來是這樣嗎！」

「你們兩位確實很登對耶……！」

「咦？會嗎……？欸嘿嘿……」

小朱莉應該是臨時想到這樣的謊言，但兩名小女孩對此毫不懷疑，眼睛反倒變得閃閃發亮。

「那求哥哥就是王子殿下呢！」

「因為大姊姊是公主啊！」

「就、就是說啊。我跟求哥哥早就是相親相愛的夫妻了……！」

「小、小朱莉？」

「所以呢，很抱歉，我不能把求哥哥讓給妳們！」

「咦……」

「小空，看來我們只能放棄了呢。畢竟他們是公主和王子殿下啊。」

太、太強了，她竟然只靠三言兩語就成功說服這兩個女孩……！

若就這樣讓她們自稱是我的「妻子」，把她們帶回父母身邊，肯定會引起事端。

真不愧是小朱莉……她才剛來到現場，就能正確把握現況，還能立刻臨機應變，成功說服這兩個孩子……！

「小朱莉，謝謝。妳及時趕到真的幫了我一個大忙。」

「不、不客氣，我才要向學長道謝呢。」

「為什麼要向我道謝？」

「啊……應該說對不起！雖然是一時情急，但我竟然說自己是學長的……」

「妳完全不需要在意那種小事，只要這兩個孩子可以接受那種說法就夠了。」

「……我倒是希望學長可以更在意一些。」

「咦？妳說什麼？」

「沒什麼。」

她說話的聲音很小，我沒聽見剛才那句話，但當我想問清楚時，她又不肯理會。

我或許不小心惹得她不高興了吧……雖然腦海中有一瞬間閃過這種想法，但看她踩著輕快的步伐，嘴裡還哼著歌，反倒像是心情很好的樣子。

◇◇◇

「很快就找到她們的父親，真是太好了呢。」

「是啊，幸好她們沒有出事。」

後來，我們一邊跟小空與小海聊天，一邊在沙灘上散步，結果很快就遇到她們的父親與哥哥了。

這個海灘本來就不是很大，兩個人來找我說話的時候，也才剛走丟沒多久，她們的父親甚至還沒發現兩個女兒走丟了。

「不過，他對我們說話的態度實在太客氣。」

「呵呵，而且他還『誤會』我們兩個的關係呢。」

「嗯……是啊。」

為了讓她們的父親放下戒心，我和小朱莉依然宣稱我們已經結婚了。

其實是小空和小海先這樣告訴她們的父親就是了。
「不過我覺得因為我們太過年輕，他好像不太相信……」
「沒那種事。因為我們都……已經到了可以結婚的年齡。」
「咦…………啊，好像是這樣呢。」
就法律上來說，小朱莉的說法確實沒錯。
不過，其實我沒想過這個問題，所以花了點時間才搞懂她在說什麼。
確實是這樣沒錯，我們兩個都已經到了那種年紀……
「可是我完全無法想像自己結婚的樣子。」
「會嗎？」
「因為我其實連女朋友都不曾交過，結婚這種事實在太遙遠了。」
「……我覺得沒有那麼遙遠。」
「咦？」
「學長確實是個沒有女朋友的資歷等於年齡的人……」
「嗚……！」
比起自己說這種話，讓小朱莉說出來的打擊要來得大多了……！
雖然我並不覺得心急，身為一個男生，還是會覺得自己很沒出息……

「可是，學長現在不是跟我住在一起嗎！」

「……咦？」

「我每天都過得非常開心，也覺得很放心。真心認為自己主動倒貼——不對，是去你家當抵押品是件好事。所以……」

小朱莉用十分堅決的語氣，拚命對我說這些話。

看著這樣的她，自己完全無法做出反應，不知為何覺得有點緊張，有種心臟彷彿被人緊緊抓住的感覺。

然後——

「所以我……！」

「……」

「啊……呃，就是……我、我覺得可以成為學長老婆的人，以後一定會過得很幸福……」

小朱莉說話的氣勢突然減弱，就像是洩氣的氣球。

不光是小朱莉覺得害羞，這些毫無掩飾的讚美也讓我覺得很難為情，只能勉強擠出「謝謝」這兩個字。

「…………」

「…………」

然後我們再次陷入沉默。

因為周圍充滿歡樂的氣氛，讓我覺得更加尷尬，就算想要改變話題，也遲遲想不到合適的話題——

「看招！」

啪嚓！

「咦？」

突然傳來的快門聲讓我轉頭一看，結果看到小朱莉拿著手機對準我。

「欸嘿嘿，偷拍成功。」

「對喔，妳剛才就是去拿手機。」

「是啊！難得有機會出來玩，我想留下回憶。只要有這個防水盒，就能直接操縱裡面的手機拍照了。」

看來她是為了今天特地準備這個東西。

雖然最近的手機很多都有防水功能，小朱莉手上那支也有，但還是有可能因為泡水導致機能變差。

「學長，我們要不要一起拍張合照……？」

「好啊，當然可以。」

剛才那種尷尬的氛圍全部一掃而空。我對此心懷感激，點頭答應這個要求。

小朱莉開啟內建相機功能後，我們兩人並肩站在腳踝剛好能泡在海裡的位置。

「我看看喔……聽說把手機拿高一點，拍起來會比較好看。既然這樣……」

小朱莉不斷改變擺放手機的位置，專心找尋最適合的拍攝角度，卻沒注意到我們之間的距離……她的肩膀時而碰觸到我，時而與我分開，有時候還會直接靠上來。

——我……我也是學——我也是求哥哥的新娘子！

她剛才說過的這句話突然在腦海中響起。

我當然不認為那句話是認真的。

那是能顧慮到孩子們的心情，同時替我解圍的謊言。

可是……我這個沒出息的傢伙，就是非常在意。

即便明知道這只是個誤會。

「啊……」

「危險——！」

小朱莉只顧著看手機，結果不小心失去平衡。

雖然我趕緊扶著她，但自己也被不好踩的沙地絆倒——

「嗚哇！」

「呀啊！」

我們就這樣抱在一起，隨著落水聲摔進海裡。

「抱、抱歉！妳沒事吧！」

「嚇死我了……！」

我擔心自己可能害她受傷，立刻起身把她扶起來。

小朱莉笑了出來。

「海水果然很鹹呢。」

「是啊。不過也許是因為很久沒喝到海水，我覺得好像更鹹了。」

「學長，你也很久沒喝到海水了嗎？」

「妳也是嗎？」

「是啊。自從小學時代的家族旅行後，就再也不曾喝過了。」

「那應該跟我差不多吧。」

我們兩個都笑了。因為只要想想就能發現，彼此現在都覺得很興奮。

「啊，學長看這個！」

「嗯？」

在小朱莉的催促下，我探頭看向她的手機。

螢幕上顯示著我們快要跌倒之前，抱在一起露出驚訝表情的身影。

「我好像不小心按下快門了。」

「啊哈哈，我們兩個的表情都好奇怪。」

這張完美捕捉到那短短一瞬間的照片拍得很好，讓我不但不覺得難為情，反倒很佩服。

我們兩人都有完全進到畫面裡，而且看起來有種身歷其境的臨場感，彼此互相扶持，身體緊緊地貼在一起——

……啊，這個！

小朱莉的胸部緊貼在我胸前，甚至明顯變形了！

我完全沒發現……！所以當然也不記得那種觸感，真是可惜——才怪！

小朱莉應該沒發現這件事吧？不，希望她不要發現。

畢竟我們都不是故意的，還是就這樣別去在意這件事比較好。

「嗚……啊……」

「嗚……！」

小朱莉依舊看著手機，整個人都愣住了。

「啊哈哈……我好像拍到一張奇怪的照片了呢……」

然後她很明顯地硬擠出笑容，把手機螢幕關掉，想要帶過這個話題。

大概是要我假裝沒有這件事吧……

「就、就是說啊。要不要重拍一張？」

「好、好啊！」

我重新拉回原本的話題，小朱莉也跟著假裝沒事，但我們之間還是有種莫名的尷尬，只能保持著比剛才還要微妙的距離，重新拍下幾張紀念照片。

◇◇◇

「啊，你們回來啦～！」

我和小朱莉一邊尷尬地聊著，一邊慢慢走回去，結果發現其他三個人都還在遮陽傘底下耍廢。

大家都坐在地上，結愛姊甚至早就喝掉一罐啤酒，簡直像是來賞花的。

「你們一直待在這裡，都沒有下海去玩嗎？」

「我開車累了需要休息～」

「我也是！」

「我也是。」

「妳剛才根本沒開車吧？」

結愛姊像在自己家裡一樣耍廢，昂這個輕浮的傢伙也有樣學樣，實璃則是面不改色地說謊。

我們來到這裡應該有一段時間了，他們三個還是在這裡耍廢，讓我和小朱莉都忍不住苦笑。

「難得來海邊玩，這樣不是很可惜嗎？」

「我晚點會下海喔。不過，希望先讓年輕人自己去玩～」

「呃……我不是很懂為什麼要這樣。」

「求，你真的很笨耶。我們還帶著行李，總得有人負責顧吧。我負責顧行李，他們兩個則是我的保鑣。」

「……讓你們兩個在這裡陪結愛姊，真是不好意思。」

「沒關係啦。我反而覺得自己賺到了！」

「朱莉，妳玩得還開心嗎？」

「小璃，我玩得很開心喔！」

唉……既然他們本人都覺得無所謂，我也沒資格說什麼了。

「那不然換班吧♪求，過來幫你姊姊倒酒。」

「嗚……」

「就算你發出那種不情願的聲音也沒用～」

結愛姊緊緊抓住我的手，似乎真的沒有要讓我離開的意思。

看來接著該輪到我負責當保鑣了。

「昴，我來負責照顧她，小朱莉跟實璃就交給你了。」

「沒問題！朱莉！小璃璃！我們去玩沙灘排球吧！」

昴很有精神地豎起拇指，單手拿著塑膠球呼喊兩名女孩。

看來他早就在剛才耍廢的時候，事先幫球充好氣了。

「可是，那學長……」

「小朱莉，妳不用在意我。順便把這個懶惰鬼帶去吧。」

「懶惰鬼？」

「就是在說妳啦。」

實璃還是一樣坐著不肯起來，我只好輕輕敲了她的腦袋。

「這樣算是職權騷擾了吧？」

「去嘛，難得來到海邊，當然要玩得開心一點。」

「……好啦。」

雖然感覺有點不太情願，她還是勉強站起來。

不過，她本來就一副要陪小朱莉去玩的樣子。這個性情不定的傢伙真是難搞。

「呵呵，你還真受歡迎呢。」

「有嗎？」

目送著小朱莉等人的背影時，結愛姊又故意調侃我了。

「結愛姊，妳不要喝太多喔。」

「有什麼關係嘛！頭上是萬里無雲的藍天！舒爽的海風輕撫而過！這裡可是真正的海邊！來到這種地方還不喝酒，不是很沒禮貌嗎？」

結愛姊竟然對未成年的堂弟說出那種酒鬼的理論，真不知道到底在想些什麼。不過，看到她大口喝著罐裝啤酒，一副真的很好喝的樣子，就讓我不好意思叫她別喝。

「求，你要不要喝～？」

「就算妳叫我喝，我也還不能喝吧！」

「為什麼不行～！反～正你也只差一歲就成年了吧？就讓我這個姊姊幫你轉大人吧♪」

結愛姊沒規矩地把罐裝啤酒推到我臉上。

就算她早就喝醉，平常應該也不會這麼隨便……

「結愛姊，妳還好吧？」

「你這麼問是什麼意思～」

「我看妳好像有點恍神的樣子……總之先喝點水吧。」

「好啊～」

結愛姊撒嬌般地微微一笑，乖乖接過寶特瓶，喝下裡面的水。

我覺得她可能有些中暑的症狀。記得啤酒好像有利尿的功效，拿來解決中暑症狀只會有反效果。

「對了，結愛姊，妳喝了這麼多，待會兒怎麼開車？是不是需要找代駕服務？」

「你放心，這些都是無酒精飲料。」

「咦？是這樣嗎？」

我從塑膠袋裡拿出一個空罐，上頭確實寫著「酒精含量0．00％」的標語。

「是啊，喝起來就像是有酒味的飲料，我怎麼可能犯那種低級的錯誤。」

我想也是……總覺得白擔心一場了。

不過，這就代表她沒有喝醉，畢竟那些飲料都不含酒精。

換句話說，那種好像有點醉醺醺的樣子，其實只是演技。

想到這裡，我看向結愛姊，只見她露骨地別過頭去，而且似乎連耳朵都紅了。

「笨堂弟，別看我啦。」

「我會想看也很正常吧。」

結愛姊根本沒喝醉。

可是，她還是故意假裝自己喝醉了……我想八成是因為昴和實璃就在旁邊吧。

「妳會這麼緊張，實在是很難得的事情耶。」

「誰說我緊張了？」

「如果不是這樣，妳也沒必要故意演戲吧？不過實在想不到經常獨自旅行累積經驗的妳，社交恐懼症會選在這種時候發作。」

「嗚……」

結愛姊心有不滿地瞪著我……但她沒有繼續抗議，而是嘆了口氣，把頭靠在我的肩膀上。

「獨自待在一群年輕人之中，就算是我也會不知道該說什麼。」

「所以妳就假裝喝醉嗎？」

「有什麼關係嘛。而且……他們不是你的朋友和學妹嗎？我不希望因為自己害得他們對你有不好的印象……」

結愛姊看向大海，喃喃地說出自己的想法。

現在才發現，我過去好像不曾介紹朋友給結愛姊認識，小朱莉還是頭一個。

可是，當小朱莉來到「結」的時候，她突然就在我們面前昏倒，讓我們忙著照顧她，這可能也讓結愛姊沒機會緊張。

「妳不需要在意那種小事，還是保持自然比較有趣，而且……」

「而且什麼？」

「……也比較帥氣？」

「總覺得後面這句像是硬加上去的。」

其實原本是想說「比較有魅力」，但又覺得這樣太過自以為是，感覺像是在嘲笑結愛姊，才會臨時改口。

「而且昴跟實璃都是好人。只要妳別做出太奇怪的事情，他們都會接受的。」

「可是，要是我不小心說出能感覺到世代隔閡的話題，他們可能會覺得我是個老太婆不是嗎！」

「一個喝得醉醺醺的女人，感覺更像個老太婆吧？」

「嗚！你說得對……！」

「還有，我猜實璃應該早就發現那些都是無酒精飲料了。」

「不會吧！」

雖然我不敢說昴是否知情，但實璃的觀察力其實很敏銳。

早在還得負責開車的結愛姊開始喝酒時，她大概就會偷看罐子，確認裡面是否含有酒精了吧。

「你是說，小實璃可能誤以為我是個喝無酒精飲料假裝喝醉的糟糕老太婆嗎！」

「也不算是誤會吧？畢竟事實就是如此——好痛！」

「誰准你這樣跟姊姊說話了！」

她使勁捏了我的臉頰，這也未免太不講理了吧！

「啊……可是，我可能真的算是老太婆，畢竟都已經年近三十了。」

「還好吧，妳頂多就是剛踏出第一步而已。」

結愛姊才剛滿二十六歲。雖然我沒有其他年紀跟她差不多的熟人，但覺得她看起來還很年輕。就算說是跟我同年紀的學生，別人說不定也會相信。不過，自己也不知道這樣能不能算是一種稱讚。

「我最近也開始思考結婚的問題了喔？」

「咦？妳也會嗎？」

「當然會啊！畢竟女人可是有保存期限的！我可不能跟男人……不對，是跟你一樣慢慢找對象！」

有必要特地重新說一遍嗎？

話雖如此，結婚這種事確實跟我完全無緣——

——我……我也是學——我也是求哥哥的新娘子！

「……嗚……」

腦海中再次響起小朱莉剛才說過的這句話。

那道聲音十分清晰，在我腦海中不停迴響。

「怎麼了嗎？你怎麼突然摀住自己的臉？」

「……我沒事。」

我真是個笨蛋，那句話明明不是那種意思。

小朱莉只是想要幫忙，才會說出那句話替我解圍……要是我這麼在意這件事，不就像是自己不小心當真了嗎！

「話說回來，我好像很少聽說妳跟男生交往的事情。」

「你幹嘛突然說這個？」

我也不是突然想到這件事，只是想轉移話題。

要是她看出我的表情變化，拿這點來尋我開心，事情就麻煩了……而且我會覺得害羞。

「因為妳好像很有男人緣的樣子，卻一直沒有對象。」

「討厭啦，你怎麼這樣稱讚人家呢！該不會是有什麼想要的東西吧！」

結愛姊完全找回原本的狀態，使勁拍了拍我的背。好痛……！

不過，這樣話題就完全帶開了。

我感受著從背後傳來的刺痛，輕輕地鬆了口氣。

「之前確實曾經有過幾個對象啦……可是我最近不是開始思考結婚的問題了嗎？因為這個緣故，讓我把擇偶的條件一口氣提高了許多。」

「啊……妳是說年薪、學歷或身高之類的條件嗎？」

好像曾經在網路上看過這樣的文章。

就算只是要參加相親活動，也得滿足這些條件的最低標準。

例如年薪超過千萬、國立大學畢業，或身高超過一百八十公分等等。

「笨蛋，我才不在乎那些東西。」

「是嗎？」

「我想找的對象是那種相處起來很開心，能得到內心的平靜與溫暖……覺得跟他在一起很自然的男人！」

這個條件還真是普通……！

不過，畢竟對方是要結婚的對象，也是未來的家人，更是幾乎一輩子都要一起度過的對象，說不定真的不需要什麼特別的條件。

「……奇怪？」

結愛姊微微歪著頭。

然後……她不知為何一直盯著我看。

「……看我幹嘛？」

「可以滿足這些條件的男人……不就是你嗎！」

「…………啥！」

這個人果然開始胡說八道了！

「畢竟我們早就像是相處多年的家人了！」

「說什麼相處多年的家人……我們本來就是親戚吧……」

「是這樣沒錯啦。」

果然喝醉了吧？這些話實在讓我忍不住這樣懷疑。

她現在非常興奮，剛才那副沮喪的模樣就像是騙人的一樣……這個人轉換心情的速度也未免太快了吧！

「怎樣啦？你就這麼不想跟我結婚嗎？」

「問題又不在於我想不想——」

「還是說，你比較想跟小朱莉結婚？」

「噗……！」

我忍不住叫了出來。

「為什麼要在這種時候提到她啦！」

「咦？因為……你們兩個不是都同居了嗎？」

「同、同居……」

「同居不就是結婚的預演嗎！你跟小朱莉住在一起，應該不會覺得不方便吧？」

「這個嘛……別說不方便了，我甚至過得更輕鬆了。」

「那你覺得開心嗎？」

「這個嘛……嗯。」

「看來你們的好事就快要到了呢♪」

「這根本是兩回事吧！而且我們兩個連男女朋友都不是！」

「那你們就先交往看看吧♪怎麼樣？要不要今天就向她告白？」

「我才不要！」

結愛姊對這件事有個天大的誤會。

小朱莉僅限在這個夏天來我家住，並不是因為喜歡我。

雖然不知道真正的理由，但只有這點千萬不能搞錯。

「你還真是嘴硬耶。」

「是妳的想法太奇怪了。」

我知道她是在捉弄人，還是忍不住跟她頂嘴。

我們從小就一直都是這樣拌嘴，早就變成一種習慣了。

不管是這個話題，還是她這種幼稚的態度……讓我為小朱莉不在這裡感到慶幸。

「求，我知道你可能還無法體會，但時間其實過得很快。如果你繼續這樣循規蹈矩地過活，將來說不定會後悔喔。」

「這是……妳這個過來人的經驗談嗎？」

「是啊。我可能一直很後悔沒把你這個不尊敬堂姊的堂弟，變成一個更符合我喜好的男人吧♪」

噫……！

也許是我故意說話刺激她，讓她覺得很不開心。結愛姊像是肉食性野獸一樣雙眼發亮，伸出舌頭舔舔嘴唇，往我這邊慢慢逼近。

然後自己轉眼間就被她壓在底下……！

「有件事我一直很在意呢～？」

「什、什麼事……？」

「在你的心目中，我到底要到什麼時候，才能從親戚的姊姊變成一個女人♪」

她、她到底在說些什麼啊！

這個完全意想不到的問題，讓我全身冷汗直流。

因為這個問題實在太過莫名其妙，完全不曉得到底該做何反應……！

「……你們兩個在幹嘛？」

「唔！」

「咦？小實璃，妳回來啦？」

我、我得救了！

因為意料之外的第三者介入，成功阻止了結愛姊的行為。

實璃在不知不覺間回到這裡了！

「…………」

奇怪……？她的眼神怎麼這麼冰冷……我真的得救了嗎……？

「看來我好像打擾到你們了。」

「沒那回事！妳完全沒有打擾到我們！」

「我只是回來補充水分。」

「原、原來如此！補充水分可是很重要的！結愛姊，讓開一下！」

我推開結愛姊，迅速把寶特瓶遞過去。

「謝了。」

實璃接過寶特瓶後，依然毫不留情地對我投以冰冷的目光。

「這件事我不會告訴朱莉的。」

「為什麼連妳都要提起小朱莉啦！」

「連我都要？」

「呃，不……沒什麼啦……」

不小心反應過度了……

看到我的反應，實璃毫不掩飾地嘆了口氣，結愛姊則是大聲爆笑。

實璃嘆氣就算了，結愛姊實在讓人很不爽……！

「小實璃，妳玩得開心嗎？」

「還算開心。」

結愛姊一臉理所當然地跟實璃聊了起來。

她看起來一副完全不在意剛才那件事的樣子，讓我覺得無法釋懷……

「還算開心啊～那我們也過去一起玩吧！反正我早就玩膩小求了。」

「擅自玩弄別人，竟然還好意思說玩膩了……」

「咦？你不希望我玩膩嗎？想被我繼續玩弄嗎？」

「請妳務必放我一馬！」

今天已經很累了……還是別亂說話吧。

「好啦，我們走吧，小求！」

「兩位慢走……」

「你在說什麼傻話？你也要去啊。我不是說『我們』了嗎？」

「可是，總得有人負責顧東西……」

「放心啦。就算我們都去海邊玩，要是有人想來偷東西，也還是看得到。而且只要把貴重物品放進這裡面，就不會有問題了♪」

如此說道的結愛姊把一個防水腰包拿給我。

不對吧，如果有這種東西，妳怎麼不早說——雖然我差點這樣叫出來，最後還是忍住了。

我要忍耐。要是說了不該說的話，也只會自找麻煩。今天就是這種日子。

「那這個腰包就交給你保管，不准弄丟喔～？」

「……交給我吧。」

啊，實璃又嘆氣了。

她似乎覺得我是個被女人騎在頭上的可憐蟲。

可是，如果我要找藉口，也可以說結愛姊就像是自己的親姊姊，雖然很好相處，卻是絕對無法反抗的對象。我過去曾經在她面前展現過無數次的反骨精神，結果每一次都被她修理！

……不過，我還沒蠢到會真的說出這些話。

「啊！學長！我們在這裡！」

在這群人之中，果然只有小朱莉能撫慰我的心。

她抱著沙灘球，臉上露出比太陽還要燦爛的笑容，朝著我們揮手——

「你果然喜歡小朱莉不是嗎？」

「咦？」

「都寫在你臉上了喔，小求♪」

「嗚……！」

突然聽到結愛姊這麼說，讓我忍不住摀住嘴巴。看到我的反應，她露出詭計得逞的奸笑……虧自己剛才還去關心她，現在有點後悔了。

第6話

關於大家一起在溫泉旅館玩樂這件事

後來，我們在海邊澈底玩個過癮，大家都耗盡體力，好不容易才抵達今晚要住的旅館。

明明自己也很疲倦，距離也不是很遠，昴和結愛姊還是願意為我們開車，實在感激不盡。

昴像是中了邪一樣，不斷叫我去考駕照，而自己也深切體認到有張駕照確實比較方便。

不過當然不可能立刻去考就是了。

「呼～累死人了……不過這間旅館看起來真不錯！」

「是啊～」

我只聽說這間離海邊很近的旅館老闆是結愛姊的朋友，沒想到是一間設有露天浴場的高級溫泉旅館，害我有點被嚇到了。

對方當然沒有因為是熟人就免費招待我們，不過結愛姊還是幫我們出了所有的住宿費。

她對我們實在太好，反倒令我感到畏懼。畢竟她可是結愛姊，應該會提出某種交換條件……而且肯定只針對我。

「我還以為男生跟女生都會住在同一個房間，想不到竟然沒有這樣安排～」

「不，想也知道不可能吧？」

「你有資格說這種話？你自己不就跟朱莉和小璃璃睡在同一個房間嗎！」

「嗚……！」

他說得一點都沒錯，我完全無法反駁！

「話說回來，你跟結愛姊是堂姊弟，以前應該也曾經一起睡覺吧？」

「……是啊。」

「你們該不會是睡在同一張床上……不對，無論如何都不可能吧！」

「…………」

「你這樣算是默認了吧！喂！」

「啊，別誤會！那真的是很久以前的事情了！」

我最後一次跟結愛姊同床共枕是小學時代的事情，現在早就沒什麼印象了。

「你該不會……就是因為這樣鍛鍊出抵抗力，如果不是那種等級的美女，對你做出那種等級的親密接觸，就無法感受到別人對你的好感吧！」

「你到底在說什麼啊？」

「不過就這點來說，我也不會輸。就算沒有那種成熟的魅力，我妹妹也擁有與生俱來的大天使屬性！」

「大天使屬性……？」

「是我創造的術語！」

雖然這傢伙平常就會說一些莫名其妙的話，但這些話更是讓人一頭霧水。

就算想這些也沒用。我實在想不通，為什麼有這種哥哥，小朱莉還能變成一個這麼好的女孩……

「來吧，求！我們趕緊去泡個溫泉，準備享受今晚的宴會吧！」

「說什麼宴會……算了，這麼說應該也行吧。」

等我們洗好澡後，大家就會來到男生的房間一起享用懷石料理。

我們這群人裡只有結愛姊是成年人，她可是讓我們得以住進這間旅館的大功臣，如果要幫她做面子，當然就會跟昴說的一樣，讓這頓晚餐變成一場宴會。

我看昴一副很想喝酒的樣子……或許不該多說什麼。

雖然還有小朱莉和實璃在場，我們不能太過放縱，但難得有機會出來玩，我也一樣想玩個痛快。

◇◇◇

「呼～泡得真爽……」

我忍不住說出這樣的感想。

不過這裡的溫泉……真的很棒。

儘管這也是因為在海邊玩得很累了，隨著年齡增長，我也慢慢開始能體會泡溫泉的好處。

沉浸於這樣的感慨，拿著在自動販賣機買來的咖啡牛奶走出脫衣間，結果正好看到小朱莉和實璃坐在大廳的長椅上。

她們兩個好像剛泡過溫泉，都換上浴衣了。

「辛苦妳們了。」

「學長也辛苦了！」

「辛苦了。」

「結愛姊呢？」

「她說要去跟朋友打聲招呼。」

兩位女孩肩膀靠在一起，無力地癱坐在長椅上。

這幅光景雖然美如畫……我好像打擾到她們了。

「學長，你一個人嗎？我哥呢？」

「他還在蒸氣室裡流汗。」

正確來說，他是在享受反覆進到蒸氣室、水池與冷水池的三溫暖泡法，也就是所謂的理療。

其實我不是很懂那種泡法有何好處，才會丟下他自己出來，但他好像很習慣那種泡法，就算放著不管應該也不會有事吧。

「學長，你也別站著說話，要不要先坐下來？」

「我不會打擾到妳們嗎？」

「一點都不會喔！」

得到許可後，我在那張長椅上的空位，也就是小朱莉旁邊坐下。

「妳們兩個在聊什麼？」

「就是……今天在海邊玩得很開心的事情，還聊了對之後活動的期待。」

「雖然朱莉的話題永遠離不開學長就是了。」

「小璃！妳在亂說什麼啦！」

小朱莉還是一樣被實璃戲弄呢。

實璃那句話大概只是在開玩笑，但考慮到小朱莉的個性，要她否認這件事，應該也會覺得對我過意不去吧。

「話說回來，學長，看到可愛的同居人穿著浴衣，難道都沒有話要說嗎？」

「啊，呃……這個嘛……」

實璃瞇著眼睛瞪過來，小朱莉也跟著吞了一口口水。

老實說，被她們兩個這樣盯著看，我實在不曉得該如何回答。

（稱讚她們穿著旅館浴衣的樣子，感覺好像有點奇怪……）

她們身上的浴衣都一樣樸素，而且我也穿著同樣造型的浴衣。

要是說她們穿起來很合適，兩人會覺得開心嗎？不過，她們穿起來確實很合適，而且我這麼說當然是正面含意。

「……看起來有種不錯的成熟感覺。」

經過仔細思考後，我做出這樣的結論。

即使也不是很懂這句話是什麼意思，但穿著浴衣確實讓她們看起來變成熟了。

「成熟的感覺……！」

「就是很性感的意思。」

小朱莉雙眼發亮，看起來很開心的樣子，實璃則是做了不必要的衍生解釋。

實璃可以不用理會……但從小朱莉的反應看來，我好像說出最好的答案了。

這當然不是謊言，也不是客套話，而且實璃的說法其實也不算錯……小朱莉可能對大人懷有憧憬吧。

「欸嘿嘿，這樣我是不是變得更接近學長了呢？」

「接近我？我覺得妳能幹多了，而且也很成熟懂事。」

「真、真的嗎……！」

「沒那種事，朱莉其實還挺幼稚的，好勝心強，而且藏不住內心的想法。」

「嗚……！」

聽到實璃這麼說，小朱莉顯得有些畏縮。

她說得沒錯，小朱莉真的是個藏不住想法的人。

「學、學長！拜託你不要笑我啦！」

小朱莉變得滿臉通紅，拚命向我抗議的樣子，看起來確實有點幼稚，讓我稍微放心了。

我想在她面前做一個值得依靠的人……不過這句話無論如何都說不出口。

◇◇◇

在溫泉裡洗掉身上的疲倦，又與小朱莉和實璃開心談笑，已經覺得非常滿足了，但這次的旅行還沒結束。

「哇～！看起來好好吃喔！」

也難怪小朱莉會雙眼閃閃發亮，因為餐桌上擺滿了豪華的料理。

也許是因為這裡就在海邊，餐桌上有許多海鮮料理，就連我這個外行人，都看得出那些料理有多麼高級。

「結愛姊，我們真的可以讓妳請這一餐嗎……？」

「當然可以。你們就讓我這個姊姊耍帥一次吧！」

結愛姊已經有點口齒不清，現在正一臉得意地喝著酒。

聽說她早就跟那位朋友喝過了……對方不是還在工作嗎？

「小求，小昴。我當然不會叫你們喝酒，但還是要告訴你們，這裡的當地美酒非常好喝喔♪」

「等等，妳這樣不就算是叫我們喝酒了嗎？」

「笨蛋！大姊只是說出她的感想罷了！大姊，我說的對不對！」

「就是說啊。」

昴果然很想喝酒。不過，這畢竟是他自己的事，所以我也不打算過問。

問題在於——

「當地美酒……」

「咕嚕。」

「妳們兩個絕對不能喝喔。」

因為小朱莉與實璃一直盯著酒壺看，我便警告她們。

「我、我沒說想喝喔！」

「妳確實是沒說啦。」

「只是覺得這些料理看起來很好吃，才會有些在意它們跟日本酒搭不搭！」

「簡直就是絕配喔～」

「結愛姊，拜託妳不要慫恿她們。」

雖然小朱莉本來就喜歡做料理，讓這個理由顯得很合理……但我畢竟是負責照顧她的人，實在不能讓還是高中生的她喝酒。

「學長，我想喝喝看那個。」

「妳也未免太直接了吧！」

「學～長～」

「不行就是不行！」

我畢竟是負責照顧她的人……以下省略。

雖然實璃只有小聲抱怨幾句，沒有實際行動，但這傢伙想做某件事時的行動力十分驚人。

我得好好盯著她才行……畢竟認識她的父母，如果沒有顧好實璃，自己實在很難面對他們。

「那我們就等著欣賞小求的奮鬥，先乾杯吧！」

「不要擅自對我抱有那種期待啦！」

「乾杯！」

儘管這場宴會在有些危險的氛圍下宣告開始，這些料理非常美味，瞬間就把這種危險的氛圍一掃而空，讓房裡很快就籠罩著和諧與歡樂的氛圍。然後——

「嗚……」

「啊，他睡著了。」

差不多過了一小時後，昴率先倒在榻榻米上。

他露出完全放鬆的表情，整張臉還變得紅通通的……至於原因就不需說明了。

「哎呀，原來他是那種喝醉就睡的類型嗎？」

相較之下，結愛姊看起來完全沒事。雖然感覺得出來她早就喝醉，但醉到一定程度之後就毫無變化了。

看樣子她一定很喜歡喝酒吧……不過，結愛姊可不是我現在該照顧的對象。

「昴，快點起來。」

「嗯嗯……我還能吃……」

「這種時候不是應該說吃不下了嗎？真是的，我去幫他鋪棉被吧。小朱莉，妳來幫——」

「學長～♪」

「咦？」

我突然被某人從背後抱住了！

那個人竟然是……小朱莉！

「欸嘿嘿，學長的身體好溫暖喔……」

「妳、妳怎麼了！」

小朱莉使勁抱著我，說什麼都不肯放手。

不但如此，她還用臉頰在我的背上磨蹭。

「結愛姊！」

「我可沒讓她喝酒喔。而且你不是有盯著她嗎？」

「是這樣沒錯啦……」

「可能是沉醉在這種氣氛中了吧。話說回來，他們兄妹倆的酒量都好差～」

「現在可不是在那邊笑的時候吧！小朱莉，妳先放開我一下——」

「我不要！」

「咦！」

小朱莉看起來像是在鬧彆扭，卻懷著堅定的意志抱著我不放。

雖然她其實是醉了……

「……實璃，麻煩妳了。」

我不好意思硬把她甩開，只能向實璃求助。

但實璃輪流看了看我和小朱莉——

「啊～我好像也醉了～」

「妳絕對只是嫌麻煩吧！」

「其實我也很想幫忙呢～只是力不從心～」

她有氣無力地拒絕我，而且說話的語氣超級假。

結愛姊也只顧著笑，坐在那邊動也不動……！

「至少幫我把昴的床鋪好吧……」

「好麻煩……」

實璃不情願地這麼說，然後——

「我踢。」

「咕哇！」

她就把昴踢到房間的角落了。

「搞定。」

「搞定妳個頭啦……算了，就這樣吧。」

既然昴已經睡著，那他就不可能作怪，應該可以放著不管吧。問題在於……

「學長、學長！」

小朱莉像是被貓咪附身一樣，不停地向我撒嬌。

她實在太過毫無防備又可愛……老實說，如果不是在實璃與結愛姊面前，我沒信心還能保持理智。

「看來她完全黏上小求了呢。」

「就是說啊～」

不過，她們兩個也不算是我的同伴。

我感受著她們溫暖的目光，好不容易才回到自己的座位……然而，就算已經回到位子上，小朱莉還是不肯放開我。

嗚嗚……隔著浴衣感受到的柔軟觸感……！

「他們就像一對正在放閃的情侶呢♪」

「羞羞臉。」

她們完全把我們當成玩具了。

我覺得自己應該否認，但又覺得要是隨便否認，只會讓自己更難脫身。

現在應該冷處理，等她們自己失去興趣才對——

「不對，我們才不是情侶！」

「哇，想不到小朱莉居然會主動否認耶。」

「我們兩個……其實是夫妻！」

「夫妻……！」

實璃難得驚訝地叫了出來。

可是，這句話就是這麼有震撼力。不光是結愛姊，連我都被嚇到。

「我是學長的新娘子喔。」

小朱莉依然從後面抱著我，斬釘截鐵地再次這麼強調。

我猜……她應該是想起了海邊發生的那件事吧……！

「天啊，我是有聽說最近的年輕人手腳很快——」

「不對，事情不是妳想的那樣，是因為我們在海邊……」

「你們在海邊怎麼了？」

「……我只能說發生了很多事情。」

雖然自己說出這件事，卻不曉得該怎麼解釋，只能說得不清不楚。

「你們到底做了什麼事情，才會突然變成一對夫妻啊？」

她們會這樣追問，也是理所當然的反應……傷腦筋，我真的不知道該怎麼回答。

就只有昴早就睡死這件事，算是不幸中的大幸。

要是這傢伙還醒著，肯定會為了妹妹疑似失身的事情大吵大鬧。

「總之，請妳們別把這件事當真……」

「雖然搞不清楚發生了什麼事，我們先拍張照片再說。來，朱莉，比個V吧。」

「V！」

在實璃的慫恿之下，小朱莉就這樣抱著我比了個V。

要是她清醒後還記得這件事，就真的太可憐了……

「不過，這也算是一件好事吧。儘管小朱莉喝醉了，但她現在緊緊黏著你，不就表示對你有好感嗎？」

「是這樣嗎……？還有，妳說這是好事又是什麼——」

「因為你平常不是很關心她嗎？」

「咦？」

「打工的時候也一直很在意她吧？」

「想不到學長……」

「他經常用火熱的眼神偷看小朱莉喔。明明還在工作。」

我、我真的有這樣經常偷看小朱莉嗎……？

自己確實很在意她能不能專心念書。

然而我是因為覺得讓她在我打工的時候獨自待在家裡很不好，才會請她來「結」念書……換句話說，是我請小朱莉配合，擔心她會不會覺得待不下去，明明就是很合理的事情……！

「看來你很重視我的摯友呢。」

「嗚……」

雖然實璃的說法顯然是要戲弄人，但要是我否認這件事，感覺就像是在說自己對小朱莉很不好，因此完全無法反駁。

「我也經常看著學長喔～」

「那就是兩情相悅了呢。」

「小璃，妳這樣說就太誇張啦～」

小朱莉說話的腔調變得愈來愈奇怪。

看來她的醉意又加深……不對，她又沒有喝酒，應該只是想睡了吧。

「我～最喜歡看學長工作的樣子了……」

「是、是喔。」

聽到「最喜歡」這三個字，讓我的心臟猛然一跳。

我當然知道她沒有那種意思，但還是無法不心動。

「那模樣真的很帥氣，看起來十分耀眼……害我忍不住要嫉妒其他客人……」

嫉妒……？

「是啊，特地來看你的客人其實還不少喔。」

「咦……有這種事？」

「當然有，畢竟你的長相還算不差，因為基因有一半跟我一樣。」

「還算不差啊……」

「是啊，你可是我哥哥呢。」

「我跟妳的基因完全不一樣吧。」

我不知道這種評價值不值得高興，只知道她們又在戲弄人了。

「學長……我們要一起去看元旦日出喔……」

「咦、咦……？元旦日出？」

「呼……呼……」

「啊，她睡著了。」

小朱莉就這樣從背後抱著我，發出了平靜的呼吸聲。

看來這場風暴應該結束了……吧？

「……結愛姊，我要帶小朱莉去睡覺，房間鑰匙借一下。」

「拿去吧——」

畢竟我也不可能像對待昴那樣，隨便把她丟在房間的角落。

於是我揹著小朱莉接過鑰匙，走向隔壁的女生房間。

◇◇◇

女生房間已經整齊地鋪好三組床鋪。

應該是我們在男生房間裡吵鬧的時候，旅館的員工來幫忙鋪好了吧。也許就是因為這樣，結愛姊才會提議在男生房間舉辦宴會。

「小朱莉，我要放妳下來了喔。」

我知道她應該聽不到這句話，還是慢慢地把她放下來，讓她躺在床上。

雖然她的浴衣都亂掉了，讓人不知該把視線放在哪裡，但我立刻幫她蓋上棉被，總算是度過了這個難關。

「學長……」

「啊……該不會吵醒妳了吧？」

小朱莉就這樣躺在床上，握住了我的手。

她稍微睜開眼睛，用矇矓的眼神看過來。

「總覺得腦袋昏昏沉沉的……」

「妳肯定是玩得太久，身體累壞了，今天就好好休息吧。」

「人家又不是小孩子……」

儘管整個人昏昏欲睡，被我當成孩子對待，還是讓小朱莉氣得鼓起臉頰抗議。

那種舉動看起來真的像個孩子，讓我覺得很有趣。

「學長。」

「嗯？」

「請你摸摸我的頭。」

我聽從這個可愛的要求，伸手摸摸小朱莉的頭，讓她開心地笑了。

平常是個可靠的女孩，但現在就只是個撒嬌鬼。

這種反差讓我差點被她迷得神魂顛倒。

「學長，你要陪在我身邊喔。」

「那當然。」

小朱莉用雙手緊緊握住我的手，靠著自己的臉頰。

她的臉頰既柔軟又溫暖，我想一直摸下去，但這種感觸太過危險，讓人快要無法思考。

小朱莉完全沒察覺我內心的糾葛，就這樣放鬆表情，慢慢地進入夢鄉——過沒多久就開始發出平靜的呼吸聲。

「呼……」

小心翼翼地拿開她緊握著我的雙手。終於得到解放後，我深深地嘆了口氣，讓腦袋裡的慾火降溫。

背後在不知不覺間冒出大量汗水。畢竟我剛剛才經歷過一場激烈的天人交戰。不過自己最後還是成功忍住了……！

「你下手了嗎？」

「才沒有！」

突然聽到這句話，讓我覺得心臟好像被抓住了一樣，有種全身寒毛直豎的感覺。

「小聲點。」

「嗚……！」

實璃用食指抵住嘴唇這麼說，讓我趕緊摀住自己的嘴巴。

這麼做當然已經太遲了……但小朱莉好像沒有被我吵醒。

「反應過度啦。」

「……還不都是妳害的。」

「我該不會打擾到你了吧？好像還是頭一次看到你這麼緊張的樣子。」

實璃不懷好意地揚起嘴角。

雖然想否認，心臟卻激烈地跳個不停，就像是在證明她的說法沒錯。

「不過，這也代表朱莉的努力還是有效果吧。」

「……妳這是什麼意思？」

「就是字面上的意思，還有原來求哥也是個男人。」

「不就是因為我是個男人，妳才會把我當成哥哥嗎？」

實璃的臉上依然掛著笑容，看起來卻顯得有些寂寞……這應該是我想太多了吧。

「話說回來，妳怎麼會在這裡？」

「因為這裡也是我的房間啊。我想睡覺了。」

「啊，對喔。」

「如果你要對朱莉下手，我可以馬上出去。」

「我不可能對她亂來吧……！再來就交給妳了喔。」

「好啦。」

糟糕，我內心的動搖肯定都寫在臉上了。就是因為這樣，她才會把我當玩具吧。

唉……我也趕快去睡覺吧……

「……**求哥**。」

「嗯……？」

「因為我是你妹妹，所以只能這麼說……你一定要讓朱莉幸福喔。」

「……咦？」

「好了，晚安。」

「喂！妳這句話是什麼意思啊！」

實璃把我趕出房間後，就這樣把門關上。

雖然她剛才那些別有深意的發言令我感到困惑，總覺得繼續追究也很奇怪，只能就這樣帶著疑惑離開。

「啊～小求回來了～！」

「我竟然忘了她……！」

早在結愛姊沒跟實璃一起出現時，我就應該想到了。

房裡只剩下完全進入酒鬼模式的結愛姊，還有依然躺在房間角落，發出平靜呼吸聲的昴。

「小求，快點過來！跟姊姊聊個痛快吧！」

「我想先問清楚，妳今晚是不是不打算睡覺了？」

「誰知道？只要體力耗盡，不就會自然睡著了嗎？」

「那不叫做睡著，應該叫做昏倒才對……」

「別在那邊囉哩囉嗦了，趕快過來給你姊姊當抱枕吧。我已經交代這間旅館的員工，說我們會在這個房間玩到早上，叫他們不用過來收拾餐具，也不用過來鋪床♪」

「早有預謀！」

普通旅館不可能讓客人這麼自由，但這裡的老闆可是結愛姊的朋友，難不成這是她早就埋好的伏筆嗎……！

早在我們踏進這間旅館時，就注定會是這種結局了。

「小求～姊姊的酒杯好像空了耶。」

「……遵命，我現在立刻替您倒酒。」

因為這個緣故，結果我只能照結愛姊說的，整晚一直陪她喝酒，直到昏倒為止。

第7話　關於我跟朋友的妹妹一起睡著這件事

「「呼～啊……」」

我沐浴著早上的陽光，忍不住打了個呵欠，而且小朱莉也一樣。

「學長，對不起……昨晚麻煩你帶我回房睡覺，但現在還是很想睡……」

小朱莉向我道歉，一副發自內心感到愧疚的樣子。她也是唯一為比我早睡這件事道歉的人。

昴甚至還說出：「早啊！求，今天也是個神清氣爽的早晨呢！奇怪？你的臉色怎麼不太好看？算了，反正這又不關我的事！」這種話來找碴，害我差點忍不住跟他吵起來。

「小朱莉，妳真的是個好女孩呢。」

「咦！謝、謝謝學長誇獎……！」

小朱莉看起來還很想睡，可能是因為昨晚被那種氣氛影響，一直無法熟睡吧。

她的體力原本就不是很好，又在海邊玩了很久，只是稍微睡上一覺，體力應該無法完全恢復吧。

「那個……學長，你昨天……還好吧？」

「咦？」

「因為我途中就覺得腦袋昏昏沉沉的，不太記得後面發生的事情……」

「啊……原來是這樣啊？」

那就好，我是說真的。

因為小朱莉昨天那個模樣，要是被她本人知道了，一定會受不了。

雖然那種會被氣氛灌醉，甚至不記得自己做過什麼的體質，也挺讓人擔心的。

「不過，我還隱約記得自己給你添了麻煩……」

「沒、沒那種事！」

「你怎麼好像有些動搖……？」

雖然她確實給我添了麻煩，但那也可以算是一種福利……不行，我不能繼續想下去了。

「總之……小朱莉，妳以後最好跟酒保持距離喔。」

「你這個忠告讓人覺得很不安耶！」

「我只是說說罷了。」

「嗚……學長，我決定了。」

小朱莉有些不高興地小聲唸唸有詞，然後抬起頭仰望著我。

「我第一次喝酒的時候，一定要跟你一起喝……！」

「咦！」

「關於我昨晚的情況，小璃跟結愛姊都只是偷笑，不願意告訴我實際情況，哥哥也說他早就睡著了……既然這樣，那我就只能繼續給你添麻煩了！」

其他人幹的壞事也全都由我來承擔嗎……！

不過，唉，其實他們的行為也還不至於算是壞事啦。

「好吧，我答應妳。」

「咦！真的可以嗎？」

看到我點頭答應，她不知為何嚇了一大跳。

「這就代表你願意陪我一起慶祝二十歲的生日對吧！」

「咦……是這個意思嗎？」

「就是這個意思！」

好像是這個意思。

可是，要我陪她慶祝成年那天的生日啊……總覺得這是個重責大任。

「啊……但是，如果只幫我慶生，我會覺得不太好意思！」

「不，我不介意那種事。」

「可是我會介意！所以……我也要幫學長慶生！」

「咦？」

「當然，前提是你不嫌棄……」

「我當然不會嫌棄。」

看到她露出快要哭出來的不安表情，自己實在無法拒絕。

反正我們的二十歲生日還是很久以後的事情，我覺得應該不需要太過在意。

「謝謝學長！我很期待那天的到來，也會努力準備禮物的！」

然而，看她高興成這樣，就讓我實在無法不去在意呢……

也得好好思考女孩子會喜歡什麼樣的禮物了。

「哈囉！你們兩個在聊什麼？」

「才不告訴哥哥呢！」

「什麼！我家朱莉終於進入叛逆期了嗎……？」

「我本來就不會什麼事都告訴你……而且這件事又跟你無關。」

「朱莉，那我呢？」

「嗚……就算是小璃，我也不會說的！學長，你也絕對不能告訴任何人喔。」

「呃……嗯，我知道了。」

反正我們本來就沒說要大家一起慶生，這點倒是不成問題。

可是……

——學長～♪

要是在我們兩人獨處的時候，她又像昨晚那樣貼上來……我可沒信心繼續保持「她哥哥的朋友」的立場。

得趁現在想好對策……不過，總覺得不管怎麼做準備，都會被她那種壓倒性的氣勢擊垮就是了。

「讓你們久等了～♪我辦好退房手續了喔！」

結愛姊從旅館裡走出來，打斷我們的對話。

話說回來，她的精神也未免太好了吧……昨晚明明一直醒著，睡眠時間也跟我差不多。

「對了，你們不用擔心我回程開車的問題。經過精密計算，我體內的酒精已經都退掉了♪」

「真的假的！成年人還真是厲害……！」

「小昂，不是成年人厲害，是姊姊厲害才對喔♪」

「真不愧是大姊！」

這兩個傢伙還真是合拍。要是昂昨晚沒那麼早睡，我就能好好睡上一覺……不，頂多就是多一個犧牲者罷了。

「再來就剩下回家了。小朱莉！小實璃！我們上車吧！」

「啊……大姊，我想跟妳商量……可以讓朱莉過來我們這邊嗎？」

「哥、哥哥？」

「因為我好不容易考上駕照，想讓妹妹看看我這個哥哥開車的帥氣樣子！」

「原來如此，這確實很重要！那就讓她跟求交換……等等。」

結愛姊似乎想到什麼壞點子，露出不懷好意的笑容。

「那我就跟小實璃單獨兜風約會吧！小實璃，妳覺得如何？」

「沒問題。」

……咦？實璃怎麼這麼聽話？我有種不好的預感。

「畢竟這可是打聽求國中時代事蹟的好機會呢！」

「原來是因為這樣嗎！」

「我可是你的堂妹，當然會想知道那些事情。絕對不是想要打聽你的黑歷史，以後拿來當成捉弄你的材料喔♪」

「就只有懷著這種想法的人，才會說出這種話吧……」

「我也想打聽學長小時候的黑歷史，當一個更了解哥哥的妹妹。」

「就只想知道我的黑歷史啊……」

雖然很想阻止她們兩個，但要是這兩個會消耗我大量體力的傢伙都能待在另一輛車上，對於想要快點上車補眠的我也是一件好事。

小朱莉看起來也很想睡，讓我決定心懷感激地接受這種安排。

「那……昴，麻煩你了。」

「交給我吧！」

我很了解這傢伙。即便看起來像是毫無考慮，但他應該是發現小朱莉很想睡覺，才會這麼提議吧。

摯友對著我豎起拇指的樣子，看起來比平常還要可靠多了。

◇◇◇

暑假已經所剩不多。
我不是說自己的暑假，是小朱莉的暑假。
高中生跟大學生的暑假長度差了一倍。
我們的暑假會一直放到九月中旬，但小朱莉的暑假會在八月結束，而她也得在那時候回到故鄉。
不知道這個八月讓她做何感想。
是否過得開心？是否覺得有意義？是否覺得無聊呢？
八月也只剩下一個星期，我到底還能為她做些什麼？
和小朱莉與昴閒話家常的同時，突然想到這個問題。
我覺得很開心。因為小朱莉來到我家，自己頭一次與女孩子同居，心裡覺得非常緊張……其實每天都過得很開心。
可是，那是因為小朱莉給了我許多東西，而她不見得也是這麼想的。

（想要更加了解她。）

自己或許是有生以來頭一次有這種想法……讓我產生這種想法的強烈慾望，每天都在心中變得愈來愈強烈。

……不過，說這種話會讓人覺得很奇怪，實在說不出口。

「呼啊……」

「求，你這個呵欠還真大。」

「沒有吧？我不是忍住了嗎？」

「如果想睡就睡吧。朱莉，妳也是。」

「咦……！」

小朱莉的身體猛然一震，她剛才早就開始打瞌睡了。

看來昴是發現我們兩個睡眠不足，才會提議這樣分組。

早在他讓我們兩個坐在後座時，我就注意到這件事了。

「那我就不客氣了。要是有什麼事情，就儘管叫我起來吧。」

「沒問題！」

「那我也要睡了……哥哥，對不起——不對，謝謝你。」

「嘿嘿，這不算什麼啦！」

我靠在椅背上，放鬆身體閉上眼睛。

啊啊……看來很快就能睡著了。

左手突然碰到某個溫暖的東西。

我沒有仔細去想那是什麼，很自然地就握了回去。

總覺得心裡十分平靜……雖然很不可思議，但這種感覺非常舒服。

「真是的……」

在朦朧的意識中，隱約聽到昴的聲音。

「這兩個傢伙看起來還真是登對呢。」

我聽著這個有點無奈又難為情的聲音……就這樣沉沉睡去。

番外篇

我和學長與摯友的故事

當我發現自己頭一次喜歡上某人的時候，我的初戀就已經結束了。

升上國中後，我當上田徑社的社團經理。

這不是因為喜歡田徑，也不是因為想幫助那些努力的選手。

只是因為覺得這樣比較輕鬆。

我所就讀的國中，每個學生都必須參加社團活動，但直接參與活動又很麻煩。

因此我選擇當一個名為社團經理的配角。而選擇參加田徑社，是因為田徑社使用的器材比棒球社或足球社來得少，工作似乎也比較少。

不過，因為不曾體驗過其他社團活動，所以也不知道自己是真的如願以償，還是反倒選了個麻煩的差事。

可是，我在這個社團裡——遇見了那個人。

——櫻井。

對了，還記得他剛開始的時候都是這樣叫我。

他給人一種人畜無害的感覺，還有著和善開朗的容貌，而且身材意外地纖瘦……

我對他的第一印象，反倒是覺得這傢伙有點可疑。

白木求——

他是大我一屆的學長，也是後來變成我的哥哥，在不知不覺中被自己遺忘的初戀情人。

◆◆◆

當上田徑社的社團經理之後，我需要完成別人交付的工作……但絕大多數時間都很閒。

雖然不能把那些閒暇時間拿來看書或是玩手機，只能看著選手們奔跑的樣子——

不過其中最顯眼的人就是學長。

這裡不過就是公立學校的運動社團。因為是學校強迫學生參加社團活動，所以不是每個人都願意認真投入。

有些人只是隨便應付，也有人在暗中偷懶……因為田徑是個人競技，偷懶也不會被人責罵。

畢竟我跟那些人差不多，當然也不會理會這種事……所以才感到在意。

自己很在意那個沒有被人逼迫，卻還是乖乖跑步的傢伙。

頭一次跟學長說話的時候，他才剛跑完一圈，我沒想太多就把倒好飲料的紙杯拿了過去。

「謝謝……咦？」

學長看著紙杯露出微笑，但他又看到我的臉，整個人突然愣住，重新用帶有戒心的眼神看向紙杯。

「……怎麼了嗎？我可沒有下毒喔。」

「啊，沒事……謝謝妳。」

他終於接過紙杯，一口氣喝光裡面的飲料。

明明有些疑惑，喝飲料的時候卻很乾脆。

「妳是一年級的櫻井對吧？」

「是的。」

「剛才是我不對，只是覺得有些意外，妳應該不是會做這種事的人吧？」

「是啊，你的觀察力還真好。」

「畢竟社團經理並不多，所以經常看到妳。」

我們好像很自然地就聊了起來。

雖然是自己先把飲料拿給他，還是覺得有點麻煩。

順帶一提，我們這裡的社團經理確實不多。

男女選手加起來差不多有三十個，但社團經理就只有三個女生。

「妳應該不是喜歡做這種事，所以我才會覺得有趣……不，是覺得很奇怪。」

「你改口之後，聽起來反而更傷人了。」

「或許是吧。」

我們不知不覺就在操場旁的花壇邊緣坐下來聊天。

我後來才知道，他就是有這種特質。那種看似人畜無害的開朗笑容，還有與外表不符的強勢作風，總是會讓人在不經意間被他牽著鼻子走。

「我們學校不是規定一定要參加社團活動嗎？不過，如果不是很想參加，應該還有其他專門吸收這種學生，更輕鬆的社團活動吧？」

「在這裡當社團經理也很輕鬆喔。」

「妳還真敢說啊。但是，這裡的社團活動時間比較久吧？」

「……我不喜歡集體行動。」

我喜歡輕鬆一點的活動。

然而也不喜歡因為活動輕鬆而帶來的夥伴意識。

所以才會選擇人數不多的社團經理。

「比起難熬的兩個小時，我覺得輕鬆的四個小時好多了。」

「原來如此……可以理解呢。」

「學長也這麼覺得嗎？」

「因為我也想要輕鬆一點，不喜歡那種辛苦的事情。」

真教人難以置信。

他明明是這個社團裡休息時間最少，最專心投入訓練的人。

……肯定是顧慮到我的心情，故意配合才會說出這種話吧。雖然我覺得沒必要這麼費心就是了。

「不過，我看你好像很認真的樣子。」

然而我這個人不會看場合說話，還是忍不住說出這種沒大沒小的話。

因為想趁機讓他失去那種從容。

「我覺得很開心啊。」

「很開心？不就只是跑步而已嗎？」

「可是，專心跑步這種事，不也是一種難得的經驗嗎？」

「是這樣沒錯啦……」

「妳要不要也試著跑跑看？」

「咦？」

他很自然地握住我的手。

對方的動作實在太過自然，讓我也主動站起來，往前走了一、兩步——

「不、不用了。」

「啊……」

因為太過慌張，我用力拍開他的手。

「畢竟我還穿著制服。」

「啊，說得也是。」

剛好有個藉口，讓我鬆了口氣。

因為當天碰巧把運動服拿去洗了……如果那一天沒有這個藉口能用，我的人生應該會為之一變吧？

這個疑惑和當時的放心與後悔，就這樣永遠藏在我心中。

◆◆◆

因為這次沒想太多的行動，讓我與白木求學長後來也偶爾會閒聊幾句，而且還漸漸變得愈來愈頻繁。

與學長相處的時間，意外地讓我覺得很自在，甚至還變成在無聊的社團活動裡唯一的樂趣。

「學長，辛苦了。」

「謝啦～」

「來，這是你的飲料和毛巾。要好好感受可愛學妹盡心盡力的服侍喔。」

「妳到底在說什麼啊？」

也只有在面對學長的時候，我才會忍不住開個玩笑。

寧願多說些不必要的廢話，也想看看對方有何反應，可不是平常的我會做的事情。

「我的紀錄今天還是沒有縮短啊～」

「你還是一樣認真耶。」

「畢竟都決定要練田徑了。」

意外的是，學長當初加入田徑社的時候，好像也沒想太多。

他這麼做並非因為懷有某種確切的想法。雖然這讓我覺得很意外，但這種無聊的理由反倒有一種親切感。

可是，既然決定要去做這件事，他就會全力以赴。這點跟我完全不同，讓人覺得非常耀眼。

他的目標很單純，就是讓自己跑得更快。儘管這只是公立國中的社團活動，不會有教練負責指導，他好像還是會自己看書，不然就是研究影片，不斷進行各種嘗試，同時每天練跑。

即使學長說契機是什麼並不重要……但我就做不到這種事啊～

「學長，我會幫你的。」

自己懷著這種想法，不小心說出這句話。

「咦？」

「……你這是什麼反應？有意見嗎？」

學長難以置信地睜大眼睛，而我也暗自同意他的想法。

因為這可不是自己會說的話。

可是，說出口的話已經收不回來，讓我惱羞成怒，反過來瞪著他。

「我沒有意見，只是擔心妳是不是吃錯藥了。」

「如果你不想要就算了。」

「啊，等一下！沒有不想要啦！」

我稍微裝出後悔的樣子，學長就慌張地抓住我的手腕。

「沒有不想要？」

「呃……謝謝妳。我很開心，請一定要幫我！」

「好吧，既然你都這麼說了。」

從此之後，我又多了「搜尋田徑相關資訊與影片」這個興趣。

雖然只是把原本看時尚與美食那些無謂內容的時間稍微撥出一些——但田徑……

不對，是「學長」這個人在我心目中的分量，還是逐漸變得愈來愈重。

「……真是的，學長竟然握得這麼大力。」

被學長握住的手腕也變得異常火熱。

◆◆◆

「學長，你太拚啦。天色都暗了。」

不知道從什麼時候開始，我好像變成學長專屬的社團經理了。

學長也在不知不覺間從田徑社裡還算認真的社員，變成最拚命練習的選手。

他全力以赴的模樣讓人有點放心不下，也讓我的手機裡充滿與「訓練後護理」有關的搜尋紀錄。

「社團活動已經結束了嗎？」

「大家早就回家了。」

「妳也可以先回家啊。」

「我本來也想回家，只是……很在意分岔的頭髮。」

聽到這種不合理的藉口，學長輕輕一笑。

太好了，他還是跟平常一樣。

「那妳找到分岔的頭髮了嗎？」

「……還要再多花一點時間，你趕快去收拾東西準備回家吧。」

「我會的～」

我目送學長走進更衣室，在門的旁邊坐下來。

雖然自己可以回家了，但家裡也沒有半個人。

不管是現在立刻回家，還是留在這裡再捉弄學長一下，肯定也沒有太大的差別。

「櫻井～妳還在嗎～？」

從更衣室裡傳來學長呼喚我的聲音。

如果我假裝沒聽到，讓他以為我回家了，不知道他會不會覺得很丟臉？

「還在喔～」

雖然腦海中浮現這種想法，但總覺得這樣他好像有點可憐，所以還是回應了。

「妳父母今天在家嗎？」

「他們都不在家。怎樣，想來我家住嗎？」

「不是啦，想問妳要不要來我家吃晚飯。」

「去你家吃晚飯？」

聽說學長好像不小心告訴自己的父母，說最近有個學妹（就是我）都會陪他練習到很晚。

為了補償我陪他練習到很晚，伯父伯母才會叫我過去吃晚飯。

「學長，看來你說錯話了呢。」

「沒那種事，雖然這是我媽出的主意，但我也贊成。妳不是說平常都是去便利商店隨便打發晚餐嗎？」

「……是啊。」

記得自己好像曾經跟學長這樣抱怨過。

而且還不只一次。

也許就是因為這樣，學長才會把這件事放在心上，為我想出這個辦法。

「…………」

我想說些什麼，嘴巴開開合合的。

向他道謝好像很奇怪，說話挖苦也很奇怪。

我不太清楚自己該說些什麼。

「讓妳久等了，這代表妳決定要去我家吃飯嗎？」

「……我要去。」

因為我們都住在同一個學區，所以學長家並不是很遠。

從我家走過去也不會很久，去他家一趟應該也行吧。

更重要的是，我應該可以趁機得到幾個捉弄他的把柄……現在會覺得莫名雀躍，肯定是因為這樣。

◆◆◆

「……學長，伯母的個性其實挺強硬的。」

「……是啊。」

想不到事情會變成這樣。

聽說學長的母親其實早就在家長會時認識我父母，讓我今天得以在雙方父母的同意下借住一晚。

「連我這個兒子都被她那種行動力嚇到了。」

「話說，我今晚要睡在你房間嗎？」

「畢竟我家也沒有其他房間，每次朋友來過夜的時候，也都是這樣。」

儘管床鋪與地鋪有著高低之分，他父母讓我這個小一歲的女孩睡在學長房間裡，感覺還是有些奇怪。

不過，其實我跟學長好像都沒把對方當成異性看待。

雖然學長是個男生，但對我來說就只是學長罷了。

「喵。」

「啊……諾瓦，怎麼了嗎？」

一隻黑貓用前腳輕輕抓了抓學長的腳。

牠是學長家養的貓，名字叫做諾瓦。

這隻貓感覺很聰明也很大牌，而且任何人都能看出牠非常喜歡學長。

畢竟吃飯時，牠會乖乖坐在學長腿上，現在也表現出一副要學長陪牠玩的樣子。

「晚點再陪你玩喔～」

「喵。」

學長輕輕撫摸諾瓦的頭，讓牠不斷扭動身體，表現出很舒服的模樣。

牠給我一種「我可是好心陪你玩喔，真拿你這個主人沒辦法」的感覺。

諾瓦像是要掩飾自己的害羞一樣，從學長手邊逃開，故作優雅地走出房間。

「牠很可愛對吧？」

總覺得牠是一隻非常自由自在的貓。

「還好啦。」

「咦？妳不喜歡貓嗎？」

「不喜歡也不討厭，我今天還是頭一次與貓近距離接觸。」

「這樣啊……畢竟諾瓦是一隻怕生的貓，對人的態度也比較差。」

明明說牠很可愛，現在又說態度不好。

雖然會稱讚，但也會批評對方，給我一種學長非常了解牠的感覺。

「對了，還麻煩你借我運動服穿，真是不好意思。」

「少來，妳才不會覺得不好意思。」

「因為根本沒時間回家拿衣服啊。而且這套運動服太大件了，還有股味道。」

「不好意思委屈妳了。那是我的衣服，當然會覺得太大件，至於那股味道應該是我家用的洗衣精的味道啦。」

學長深深地嘆口氣，把我今晚要睡的床鋪好。

「好啦，床鋪好了。」

「謝謝學長。」

「喵。」

「啊，被搶先了……」

諾瓦不知道在什麼時候回到房裡，搶先我一步跳到學長鋪好的棉被上，將身體縮成一團。

「搶先什麼？」

「沒什麼……這傢伙真是一點都不可愛。」

我用手指戳了戳牠苗條的身體，結果這隻臭屁的黑貓還用尾巴拍開我的手。這傢伙真的很臭屁。

◆◆◆

馬上就要來到年末，天氣也變得很冷。

我會覺得好像沒過多久又要跨年，應該是因為自己升上國中後其實也只過了八個多月吧。

別說去年了，我直到今年初都還揹著雙肩背包這種事，連自己都不敢相信。

對我來說，這一年就是如此精彩。而且原因竟然還是我曾經痛恨過的學校惡習，也就是被迫參加的社團活動。

（下雪了……）

我往外一看，發現天上開始落下零星的雪花。

雖然今天是有社團活動的日子，但我想應該會被迫中止吧。我們學校的田徑社可沒有那麼認真，也沒那麼黑心，不會強迫社員在有可能受傷狀況練習。

（不知道學長今天有何打算？）

我馬上就想到這個問題。
如果是他，有可能會說出「反正我很閒，乾脆去路跑算了」這種話。
『你今天有什麼打算嗎？』
我先傳送這封簡訊過去，然後披上剛買的毛呢外套，還用圍巾裹住脖子。
今天實在很冷，真希望可以悠哉地待在家裡看電視。
「那個……櫻井同學！」
「嗯？」
突然被人叫住，我抬起頭來。
對方是跟我同班的男生，名字好像叫做……
「櫻井同學，我喜歡妳！請妳跟我交往！」
「…………」
突然聽到對方告白，我知道自己的臉變得有些扭曲。
如果我沒圍著圍巾，對方應該就會看到我嘴角下垂的樣子，知道我現在不太高興吧。不過，那樣或許反倒更好。
被人告白也不是什麼稀奇的事情。升上國中以後，早就經歷好幾次了。
原因通常都是我長得漂亮或是胸部很大，所以也只會覺得必須感謝父母。

「對不起。」

於是決定先拒絕再說。

我對戀愛這種事不是很懂，甚至還沒嘗過初戀的滋味。

可是，跟一個只知道名字的同班同學交往這種麻煩事，我實在不可能去做。

「妳有正在交往的對象嗎？」

「對不起。」

我暗自懷疑自己為何非得道歉不可……同時低頭看向手機。

學長還沒回覆我，他明明就很閒。

「是不是那個名叫白木的二年級學長？」

「……你說什麼？」

我發出連自己都嚇了一跳的低沉聲音。

對方畏懼地後退幾步，但很快就不高興地再次開口：

「我看你們在田徑社裡總是黏在一起。可是，我學長是這麼說的。他說你們兩個比較像是兄妹，而不是情侶！」

「……」

我跟他是兄妹？

……從來不曾想過這種事情，畢竟自己是獨生女。

原來如此，我現在終於懂了。

我們在旁人眼中是這種關係啊。

「而且學長們都說他是個怪人！」

「……」

怪人？

我想起來了，學長以前好像也這麼說過。

我們學校的田徑社分成兩派，那就是願意努力的社員與得過且過的社員。

明明沒有重要的目標，也沒被人逼迫，卻還是努力練習的學長等人，好像都被那些得過且過的社員當成怪人。雖然我也無法否認就是了。

不過就算是這樣，聽到學長被這種陌生的傢伙當成怪人，我還是會覺得不舒服。

總覺得有點不爽──

──嗡嗡。

「啊。」

手機發出震動，我立刻打開螢幕一看，果然是學長的回覆。

「喂，櫻井！聽我說啊──」

「別擋路。」

學長今天好像要待在家裡準備考試。

嘻嘻。難得有這個機會，就去他家打擾一下吧。

我把剛才那種不愉快的心情拋到腦後，快步走向學長家。

◆◆◆

「是喔，這可是件好事……好痛！」

我進到學長家裡，說出剛才發生的事情，卻只得到這種敷衍了事的答覆，於是忍不住把枕頭扔了過去。

「學妹剛才被人告白，現在心裡很受傷，就不能對她說些溫柔的話語嗎？」

「真要說的話，應該是那個告白被拒絕的學弟比較受傷吧？」

「我才不管那種路人甲有沒有受傷。」

「妳說話還真狠。」

「不說這個了，你今天為什麼要念書啊？」

我躺在學長的床上，向他如此抗議。

雖然早就知道他在念書，但實際來到這裡後，還是會覺得無聊。

「我們來打電動吧。」

「妳這傢伙……期末考就快到了喔？」

「我不用念書也能考得很好。」

「我上次的成績不是很好，這次必須考好一點。」

學長冷淡的態度讓我有些不爽，於是我從床鋪稍微探出身體，把雙腳擺在學長的肩膀上。

不過，學長很快就不耐煩地拍開我的腳。

「現在是可愛的學妹要找你一起玩耶。」

「妳還是努力念書吧，我可愛的學妹。」

「對了，學長，還有一件事忘了說。」

「竟然無視我……」

「那個向我告白的傢伙還說，我們兩個看起來就像是兄妹一樣。」

「兄妹？」

學長回過頭來，疑惑地歪著頭。

「他是說我跟妳嗎？」

「就是說我們兩個。」

「……那我姑且是哥哥吧？」

「或許我才是姊姊也說不定喔，畢竟通常都是我在配合你任性的要求。」

「這倒是無法否認。」

我口中的任性要求，當然是指田徑社的事情。

要是放著學長不管，他肯定會不小心衝得太快，而緊緊握住他身上的韁繩，也是我的任務。

「我是個獨生子，對這種事情不是很懂。」

「我當時也是這麼說的。」

咦？自己是不是只有這麼想，根本沒把這句話說出來？算了，不管有沒有都不是很重要。

「我不確定我們兩人的關係，在世人眼中能不能算是兄妹。不過確實不太清楚妳到底算是我的什麼人。」

「那我是否不該叫你學長，應該改叫你哥哥才對？」

「妳的語氣聽起來怎麼有點假？」

「哦～所以你還是希望我叫你學長，享受那種被人尊敬的感覺嗎？」

「我不是那個意思。而且妳口中的『學長』兩個字，打從一開始就沒有任何敬意吧？」

真沒禮貌。我願意喊「學長」的人，明明就只有你一個。

而且我幾乎不會跟別人說話。

跟學長聊天的次數，說不定比班上的同學還要多。不過，如果要說我是為了跟學長聊天才來上學，其實有點不想承認就是了。

「那可以不叫你學長嗎？」

「妳沒發現自己問這個問題之前，說話就已經很不客氣了嗎？」

「我可是你的妹妹，跟自己哥哥說話當然不用太客氣。」

「……算了，隨妳高興怎麼叫吧。」

如此說道的學長深深地嘆了口氣。

雖然他可能覺得很煩，但我其實還挺開心的。

因為自己與學長之間的關係好像有了名字，讓原本曖昧不明的關係變得具體。

「那我就叫你求吧。」

「妳竟然……直接叫我的名字……」

「不然就叫求哥吧。啊，你也可以直接叫我的名字喔。」

「櫻井。」

「有人會用姓氏叫自己的妹妹嗎？」

「好痛。」

我撿起枕頭扔過去。

這只是一場遊戲。由學長扮演哥哥，我來扮演妹妹的一場遊戲。

既然是一場遊戲，就得玩得澈底一點。

「……實璃。」

「再叫一次。」

「實璃。」

「Repeat after me.」

「……妳到底在說什麼？」

啊，記得「Repeat after me」好像是「跟著我唸一遍」的意思。

「妳還是去念書吧。」

「我要睡了～」

我無視跟哥哥一樣囉嗦的求哥，把棉被蓋在自己臉上。

◆◆◆

自從升上國中，認識求哥以後，九個月就這樣過去了。

我們兩人的關係得到了「兄妹」這個名字。

對我這個很少見到父母的鑰匙兒童來說，這種感覺就像是得到了家人，心裡覺得癢癢的，但又可以不用顧慮太多。

我變得比之前更喜歡跟他相處的時光。

每天都去他家玩，兩家人也會在放假時一同出遊。

即使不是田徑社的活動時間，我也會騎著腳踏車陪他路跑，還會一起準備考試，也會一起去看電影。

時間就這樣不斷流逝，求哥升上三年級，而我升上了二年級。

雖然我也有了學弟與學妹，自己還是一直跟求哥黏在一起，被當成一個「總是冷淡處理其他工作，只會積極照顧白木求」的怪人。

不過，其實也沒有很積極，但照顧他也是事實。

總覺得要是我沒有在旁邊顧著，他絕對會因為中暑而突然倒下，甚至還有可能受傷也說不定。

都是因為有我這個可靠的學妹——不，因為有我這個妹妹，他才能平安無事。

感覺他應該更感謝我才對。算了，下次再叫他請客吧。

「對了。求哥。」

「嗯？」

「你離開社團後有何打算？」

這是我最近一直很在意的事情。

在我們就讀的這間國中，絕大多數的社團都會在夏秋之間進入引退期。這是因為各種主要比賽都集中在夏天舉辦。

田徑社也不例外，第二學期剛開始就會改朝換代……而那一天已近在眼前了。

「那還用說嗎？當然是準備考高中啊。」

「你決定要讀哪間高中了嗎？」

「算是吧。」

那我也要去讀那間高中……差點就要這麼說，最後還是把這句話吞回去。

雖然我沒有特別想去讀的學校，早就確定要跟求哥讀同一間高中，但我覺得沒必要特地說出這件事。

「對了，實璃。」

「什麼事？」

「其實我更擔心妳。等我引退之後，妳還會認真參加嗎？」

「認真參加什麼？」

「當然是社團活動啊。」

我根本不打算認真參加社團活動。

因為沒有求哥的田徑社對自己而言毫無意義。

「我想跟你一起引退。」

「不行啦。」

我知道，不過實際上就是這樣。

在田徑社裡沒有特別要好的朋友，也沒有仰慕我的學弟妹。就只有心懷不軌的臭男生會主動接近自己。

要是求哥離開了，田徑社應該會讓我覺得很難待下去吧。

雖然在求哥還沒畢業的這半年，我還有機會找各種理由拿他來紓解壓力，但之後就……連想都不願意想。

「妳一定很快就會適應的。」

「……別擅自看穿別人內心的想法啦。」

「寂寞都寫在臉上囉。」

「才沒有，那只是你的妄想。」

儘管嘴巴上否認，我還是別過頭。

仔細想想，實在不明白自己的人生為何會改變這麼多。

原本只想一個人自由自在地開心過活——現在這樣執著於某人只會讓自己很累，實在不像是我的作風。

這一切全都是求哥害的，錯就錯在與他相處的時光實在太舒服了。

這段時光遠比獨來獨往的時候幸福多了。

「要是覺得寂寞，就來我家玩吧。諾瓦應該也會覺得寂寞。」

「……嗯。」

這大概就是妥協點吧。

就算沒有田徑社這層關係，只要他答應讓我來家裡玩就夠了。

「諾亞，你也會覺得寂寞對吧？」

「噗喵！」

我把手伸向在求哥旁邊縮起身體的黑貓，結果被牠用尾巴拍了一下。

……這隻最喜歡求哥的黑貓應該只把我當成電燈泡吧。

◆◆◆

從幾乎每天，變成每個禮拜一次。

從每個禮拜一次，變成每個月一次。

從每個月一次，變成偶爾一次。

一個是國中三年級生，另一個是高中一年級生。

光是就讀的學校變得不同，就足以讓我和求哥之間的聯繫逐漸消失。

聽說求哥在高中交到新朋友，跟那些朋友一起玩的時間也變多了。

雖然他還是加入了田徑社，這次好像沒那麼認真投入。

求哥變得愈來愈成熟，個性也變得比較柔軟，讓我覺得他有些改變，但果然還是原本那個求哥。

可是，我還是愈來愈不常去找他……應該是因為自己也知道，我們每次見面時，關係都會變得稍微疏遠一些。

我不是個會嫉妒的人。可是，只要想到求哥與別人之間的回憶又變多了，就讓我……愈來愈沒辦法去見他。

回過神來，下一個春天又到來了。

我最後還是選擇跟求哥讀同一間高中。正當自己打算去田徑社找他時，我認識了某人。

「櫻井同學，今後請多多指教。」

「啊……嗯，請多指教。」

入學後過了幾天，我們班第一次上英語會話課。

偶然抽籤抽到的搭檔，是一位連我這個女生都為之驚豔的美少女。

我們當然不是初次見面。

因為是同班同學，而且她還在開學典禮擔任新生代表上台演講，所以是個很引人矚目的女孩。

她有著看似柔順且輕飄飄的黑髮、圓滾滾的大眼睛，以及水嫩誘人的嘴唇……更重要的是，她給人一種很好相處的感覺。

即便大家都過著同樣的高中生活，我跟她給人的感覺也會完全不一樣吧。她就是這麼一個彷彿住在其他世界的女孩。

「呃……那我們先從自我介紹開始吧。咳哼。My name is Akari Miyamae——」

這就是我和宮前朱莉認識的經過。

「櫻井同學，要不要跟我一起用餐？」

「咦？」

當天的午休時間，她還特地過來邀請我。

在她身後不遠的地方，還有一群看起來就像現充，而且想邀她共進午餐的男生和女生，一臉尷尬地看著我們。

「為什麼要找我？」

「呃……不行嗎？」

「我沒說不行。」

「那就一起吃飯吧！」

想不到她的個性還挺強勢的。

在前面的空位坐下後，她在我桌上打開便當盒。

那群現充先是看向她，接著又看向我，最後一臉遺憾地走出教室。

「可以放著那些人不管嗎？」

「嗯……」

她露出感到困擾的苦笑，含糊其辭地這麼說。

看來她是個好女孩。我猜她跟剛才那些人的關係應該不是很好，但也不想說他們的壞話吧。

「我不喜歡跟一大群人混在一起，也不喜歡引人矚目。」

「可是妳的外表很引人矚目。」

「咦？會嗎？」

主要是因為她的美貌。

男生們現在也一直在偷看她。

那些傢伙肯定是在找尋跟她打好關係的機會吧，而且當然都別有居心——

「櫻井同學，我覺得妳比較可愛喔！」

「咦？」

「應該說漂亮才對！我還是頭一次見到像妳這樣漂亮的人！」

「喂，妳太大聲了啦……」

即便班上有更多人往我們這邊看過來，宮前同學依然探出身體，堅決地這麼說：

「啊……不過，我不是因為妳長得漂亮，才找妳說話喔。剛才上會話課跟妳說話的時候，就想多聊聊了。」

「是喔……」

我實在不知道該如何拒絕。被她用那種真誠的眼神盯著看，就讓我覺得隨便找藉口拒絕是件很蠢的事情。

於是自從在這天答應她之後，我和宮前朱莉就慢慢變成世人口中的「朋友」了。

◆◆◆

自從認識宮前朱莉以後，我們的交情就變得愈來愈好，好到連我們自己都難以置信的地步。

朱莉是個資優生，而我比較像是不良少女。不管別人怎麼看，都會覺得我們兩人完全不搭，但我們的波長，或者說本質其實非常契合，結果就莫名其妙變成摯友了。

朱莉其實是個有點……不，她是個很奇怪的女孩。

表面上是個品學兼優的資優生，成績總是名列前茅。雖然運動細胞還算不錯，體力卻不是很好，而這個缺點也算是她迷人的地方。

她的表情常常變來變去，看起來就很有趣，而且對每件事的反應都很大，給人一種純真的感覺。

與我截然相反，選擇了比較累人的生存之道。

而我們兩人最大的差別則是——

「朱莉，妳又特地回覆別人的告白了嗎？」

「是啊……不過我拒絕了。」

「妳還是這麼正經八百呢。」

「畢竟小璃每次都直接放生對方呢……」

小璃好像是我的外號。

因為我的名字叫做實璃，所以外號就是小璃。既然如此，那朱莉的外號應該也是小莉（註：「小璃」與「小莉」的日文發音相同，平假名寫法也一樣），但卻不知為何沒有變成這樣。

而且朱莉當然很受男生歡迎。

她經常突然被人告白，就算收到情書，也會乖乖地向對方做出答覆，所以我才會覺得驚訝。

「因為我很了解喜歡某人的心情，才會想好好答覆那些人。」

「是喔。」

朱莉一直有個心上人。

她好像依然無法忘記童年時代的初戀。

這股毅力實在驚人，這種熱情更是令人難以置信。

人們總說戀愛能讓女孩子變得可愛，而朱莉就是這樣。

為了配得上自己喜歡的人，她一直在努力讓自己變得更好。不過，我實在無法體會那種心情。

「那妳趕快去告白不就行了嗎？」

「小璃！」

「應該不會被拒絕吧。」

「沒、沒那種事，因為我在他眼中還只是個孩子……」

「你們的年紀沒有差那麼多吧？」

「是這樣沒錯啦……」

朱莉顯得有些不知所措，我忍不住嘆了口氣。

她無論如何就是不肯告訴我，喜歡的人是誰。

不過，感覺得出對方應該比她大一、兩歲。至於符合這個條件的人……我想大概有可能是這間學校的學生。到此為止都還在我能推測出來的範圍之內。

再來就是對方會把朱莉當成小孩，讓她覺得雙方的年齡差距大於實際年齡這個條件了…………算了，就算想這些也無濟於事。

畢竟把自己當成偵探，在這裡動腦推理可不是我的作風。

「小璃沒有喜歡的人嗎？」

「咦？」

「因為妳不是每次都拒絕別人的告白嗎？」

「是這樣沒錯。可是，那是因為我沒理由跟那些人交往。」

「也可能在開始交往後喜歡上對方不是嗎？」

朱莉，妳應該沒資格說這種話吧……

不過，我也明白她想說什麼。

「我對談戀愛這種事不敢興趣。」

「妳每次都這麼說……」

「我甚至還沒嘗過初戀的滋味。不對，其實根本不知道談戀愛是什麼感覺……朱莉，妳覺得呢？」

「咦！」

「有一個心上人到底是什麼感覺？」

我這麼反問朱莉。

與戀愛有關的問題，還是問正在談戀愛的專家比較快。

「就是……平常總是會不經意地想起那個人，只要看到他的身影，就會不自覺地一直偷看，還會心跳加速，有種寂寞的感覺……」

「喔～」

「啊！妳在偷笑！又尋我開心了，真是的！」

這還用說嗎？看到她羞紅著臉認真回答的樣子，怎麼可能不笑啊。

朱莉還是一樣，就連生氣的樣子也很可愛。我隨便安撫她幾句，同時暗自想著。

朱莉口中那種平常總是會不經意想起，還會忍不住追逐其身影的人，我至今好像還不曾──

「啊……」

或許……真的有過這麼一個人。

他始終存在於我的腦海中，只要見到就會覺得開心，分開就會感到寂寞，想要快點見到他的心情，還會讓我忍不住夢見他——

「小璃，妳怎麼了？」

「啊……不，我沒事……」

不過，我早就說自己對談戀愛不感興趣，現在也不可能說出這件事，只能隨口應付幾句。

而且我自己也不是很確定。

想不到一直以為與自己無緣的愛情，早就在不知不覺中降臨，而且初戀情人竟然還是那個人。

不敢相信，也不想承認。

如果只是初戀倒還無所謂，可是，就只有他——

「朱莉，有件事我忘了說。」

「嗯？什麼事？」

「本來不是說今日放學後要一起去玩嗎……能不能改天再去？」

「咦……？嗯，沒問題喔。」

朱莉顯得有些驚訝，但還是點頭同意了我的要求。

儘管心裡覺得過意不去，我還是必須解決這種鬱悶的心情。

◆◆◆

「就是這樣，我來找你了。」

「嗚哇！」

我門也沒敲就直接開門，結果看到求哥正在把制服換成便服——如果說得更明白點，他現在身上只有一件內褲，正準備穿上褲子。

「好久不見。」

「好久不……不對，妳怎麼會在這裡！我應該有鎖門吧！」

「我剛好在外面遇到阿姨，就跟她借了鑰匙進來。」

「原來如此……不過還是希望妳至少能在進我房間前敲個門。話說回來，可以請妳先出去一下嗎……」

「我早就看膩了。」

求哥只穿內褲的樣子，我早就看到不想看了，現在還覺得難為情也很奇怪。沒錯……早就看膩了，心裡絕對沒有小鹿亂撞。真的沒有。

「真是的，妳還是一點都沒變。」

「是啊。不過你好像變得不太一樣了。」

「我有改變嗎？」

「是啊。總覺得……好像變得比較沉穩了？」

「我也覺得自己比國中時代還要成熟。」

求哥有些難為情地搔了搔臉頰。

他現在沒有國中時代那種認真練田徑的拚勁，隱約給人一種沉穩的感覺。

雖然當時的求哥也很有趣，但現在這樣也不錯。

不管是那種溫柔的眼神，還是這種距離感……都讓我覺得他果然是哥哥……

（沒錯，他是我的哥哥。）

朱莉口中那種喜歡上一個人的感覺，就跟求哥給我的感覺差不多。

原來自己早就在不知不覺中喜歡上求哥了。真是好笑。

「妳在偷笑什麼？」

「……求哥，你是不是稍微胖了？」

「咦！」

「這該不會是你加入田徑社，結果都在混日子的報應吧？」

「妳說什麼……！我、我還是每天都有練跑喔！而且我們的田徑社沒有練習，也是因為操場被其他體育性社團占據——」

求哥慌張地左右轉身，檢查自己有沒有發胖。

看著這樣的他，果然讓我覺得非常自在。

（求哥還是當我的哥哥就夠了。）

雖然他可能是我的初戀情人，但在發現這件事之前，我就把他當成「哥哥」了。

我可不想現在才莫名其妙向他告白，破壞這種關係。

因為是妹妹，才能跟求哥保持這種距離。而我不想放棄這樣的身分。

與當個情人相比，這種關係可能既愚蠢又毫無意義，但我比較喜歡現在這樣。

因為這不是別人訂下的標準，是我自己找到的答案。

「對了。實璃，妳現在是參加什麼社團？」

「當然是回家社啊。」

「說得理所當然啊……」

求哥露出無奈的苦笑。

不過，聽到他這麼問，我好像隱約明白他想說些什麼了。

他八成是不好意思直接問我，但也可能不只是因為這樣——

「求哥，你很在意我為何沒有加入田徑社對吧？可是，如果你直接這樣問我，聽起來就像是在拜託我加入。這會讓你覺得不好意思，才會拐著彎這麼說……是不是這樣呢？」

「既然妳都看穿了，還有必要全說出來嗎……？」

「因為這樣比較有趣啊。」

看到求哥紅著臉別過頭去，讓我覺得好像有一股熱流湧上心頭。

我在國中時代偶爾也會有這種感覺，如果這也算是戀愛的感覺，自己說不定意外地是個單純的人。

「既然這間高中沒有強迫學生參加社團活動，那我也沒理由加入社團不是嗎？」

「這樣啊……可是，我看妳在國中時代好像很樂在其中的樣子。」

「你這個拖我下水的學長有資格這樣說嗎？」

「嗚……」

「但是，跟你在一起其實還挺開心的。不然我現在也不會特地來找你了。」

「妳說得這麼明白……我實在不知道該怎麼回答。」

「你害羞了嗎？」

「別亂說……不過，如果真是這樣，妳來參加田徑社應該也沒差吧？雖然這裡的田徑社環境不太一樣，也沒有大到需要社團經理就是了。」

求哥露出寂寞……不，是用擔憂的眼神看過來。

我很了解他。就算他心裡覺得很寂寞，自己應該也不會注意到這件事。

他是在擔心我有沒有好好享受高中生活。

因為我以前不擅長跟別人相處，也不知道該怎麼交朋友，容易在團體中被孤立，他才會擔憂，並選擇陪伴在我身邊。

這實在很像求哥的作風，也是他卑鄙的地方……就是因為這樣，我才會在一瞬間煩惱自己是否該再次加入田徑社。

「求哥，你太小看我了。其實我早就交到新朋友了。」

「什麼？妳竟然交到新朋友！」

「有這麼驚訝？」

他這種時候總是很誠實，誠實到讓人火大。

因為覺得火大……我捏了一下他的側腹。

「嗚哇！妳幹嘛捏我啦！」

「……呵。」

「妳、妳那個意味深長的笑容是什麼意思……」

「你說呢？」

「……我真的變胖了？」
「嗯……這個我也不是很清楚耶。」
我決定稍微捉弄他一下。
求哥被嚇得表情僵硬的樣子實在太有趣……不過，我還是覺得這不是件好事。
要是自己又跟求哥參加同一個社團，繼續跟他黏在一起，我對他抱持的情感說不定也會改變。
我可不喜歡談戀愛那種麻煩的事情，還是喜歡現在這種感覺。
「對吧，諾亞？」
「嗚喵。」
我抓住這隻想要到求哥腳邊，故作優雅地走過我面前的黑貓。
雖然諾亞稍微掙扎了一下，最後還是放棄抵抗，乖乖讓我抱著。
「哦，諾瓦總算願意親近妳……不，牠應該是習慣了吧？」
「畢竟我可是你妹妹啊。」
「既然諾瓦都認同妳了，那我也不得不認同呢。」
總之，關於戀愛這方面的事情，我還是暫時只當朱莉的啦啦隊就夠了。
至少這樣比起遇到新戀情，還要更能享受青春。我也不確定就是了。

◆◆◆

（當時是這麼想的呢～）

想不到後來過了兩年，我們也從高一升到高三的時候，我才終於發現朱莉的心上人就是求哥。

雖然她沒有明確地告訴我，但光是聽到「那人是朱莉哥哥的朋友」和「對方跟她哥哥同年，而且他們兩人在高中與大學都是同學」，以及「那人目前獨自住在大學附近」這幾個條件，就足以讓我鎖定那人的身分了。

話說回來，這個世界也未免太小了吧？

原來朱莉的心上人就是求哥……記得她說過，她的初戀發生在小學時代。

換句話說，朱莉比我還要早認識求哥。可是，他們兩人過去幾乎沒有任何交集，只能一直苦苦單戀著求哥……真不愧是朱莉。

而且她現在還以用身體幫哥哥當抵押為名義，主動到求哥家裡借住……

「呵呵……」

糟糕，不小心笑出來了。

朱莉與求哥這對組合實在太有趣。

畢竟朱莉明明很內向，有時候卻很亂來。不過聽朱莉的說法，我發現求哥還是一樣遲鈍到極點，完全感受不到她的心意。

雖然朱莉正向我報告一個頗為驚人的消息，那就是她成功與心上人同床共枕了，結局卻令人相當失望，青澀的兩個人就只有一起睡覺……

「沒辦法，只好由我去幫她一把。」

記得政央學院的校園參觀活動就快到了。

自己本來就決定要去讀那間學校，根本沒必要特地出遠門去參加校園參觀活動，但如果朱莉就住在求哥家裡，那就另當別論了。

這不是因為她是我的摯友，而是因為必須推她一把。

『朱莉，我會去幫妳的。』

『咦……！』

『我會幫助妳攻略那位學長。』

因此我也決定去求哥家裡……不對，先等一下。

求哥知道我和朱莉兩人是朋友嗎？

我不曾跟他提起朱莉的事情。而如果朱莉有告訴求哥這件事，他也會說認識我，那麼朱莉應該會告訴我這件事才對。

畢竟朱莉都叫我小璃，一般人也不會猜到「小璃」就是「實璃」吧。

「也就是說，他們兩個都以為只有自己認識我……呵呵，變得有趣起來了呢。」

我傳送訊息告訴朱莉，說要在校園參觀活動那天過去跟她會合。

這當然是騙她的。

我之前就騙求哥說要寄國中田徑社的社員聚會邀請函給他，得知了他家的住址。

原本是想找一天突然過去給他一個驚喜，而這次就是最好的機會。

「朱莉與求哥都會嚇一跳吧～」

現在就很期待看到他們兩人驚訝的表情，忍不住笑了出來。

我當然希望朱莉得到幸福。雖然不知道對方是誰，但我一直看著她努力讓自己變得更好的樣子。

不管對方是求哥還是別人，我當然希望她的戀情能順利開花結果，知道對方不是一個爛人，反倒覺得鬆了口氣。話說回來，朱莉還真有眼光呢。

我懷著這種想法開始整理行李，為今年夏天最重要的活動做準備。

◆◆◆

於是快樂的時光轉眼間就過去了——

「小璃……妳真的這麼快就要回去了嗎……？」

朱莉略顯寂寞地垂下眉毛，讓我覺得有些有趣。

現在是從海邊回來的隔天早上。為了回老家，我來到離求哥家最近的車站。

老實說，如果從校園參觀活動那天算起，我在這裡已經住了相當久，但朱莉好像覺得這樣不算很久。

話說回來，朱莉在這裡住得很習慣了呢。這裡明明是求哥的家，她卻說出這種像是要挽留我的話語。不過，她本人應該沒有意識到這點吧。

「是啊，要是我一直待在這裡，妳也會覺得很難受不是嗎？」

「難受……？」

「畢竟妳完全愛上求哥了呢。」

「小、小璃！妳太大聲了啦！」

朱莉紅著臉叫了出來。

然後回頭看向在遠處等待的求哥。

也許是因為太早起床還想睡覺，求哥悠哉地打了個呵欠。

他明明還特地送我來車站，自己卻叫他別來打擾我與摯友的離別，把他趕到旁邊去了。

「要、要是被學長聽到該怎麼辦……！」

「沒差吧。那妳就說出來啊。」

「說什麼？」

「當然是我愛你啊。」

「我愛……唔！」

朱莉滿臉通紅，而且整個人都僵住了。甚至還能聽到她腦袋當機冒煙的聲音。

真是的，這女孩明明很大膽，卻總是會在關鍵時刻變得膽小。

「更何況，我覺得妳跟學長的感情也很好……」

「咦？妳說我？有這種事？」

「當然有啊！」

雖然我覺得自己就跟平時沒兩樣……但很久沒見到求哥了，說不定這也讓我顯得有些興奮吧。

「小璃，對不起……」

「為什麼要道歉？」

「就是……我知道妳也對學長……」

「什麼？」

朱莉，妳怎麼會有這麼嚴重的誤會……嗯？如果仔細想想，這好像也不算誤會。我的行為或許讓人有這種感覺，這是該反省的事情。不過，這也不代表朱莉沒有想太多。

「我是來這裡幫妳加油的耶～」

「可是，假如我沒有誤會，就等於是逼妳做不情願的事情……」

「這是我主動提議要做的事。」

「但是妳早就發現我喜歡的人是學長了吧？那我們平常用Line聊天的時候……」

「這個嘛……」

原來朱莉認為我是被迫陪她做這件事嗎？就算真的是這樣，也不是什麼需要在意的事情吧——

「朱莉，話說在前面，我並沒有喜歡求哥。啊……不過，我是說身為異性的那種喜歡喔。」

「可是……」

「嗯……我承認我們的關係很親近。不過，我應該說過吧？他就像哥哥一樣。」

「妳是有這麼說過，可是……」

「朱莉，妳應該也不會喜歡上自己的哥哥吧？」

「想也知道不可能吧！」

「是啊，我也跟妳一樣，學長在我的心目中就只是哥哥罷了。」

不過我們畢竟不是親兄妹，所以這種關係也沒有任何社會上的保證與限制。

可是，有個親哥哥的朱莉好像能接受這種說法，看到我表現出不以為然的樣子，就放心地鬆了口氣。

「朱莉，我覺得妳跟求哥還挺有機會的。」

「真、真的嗎！」

「是啊。你們兩個感覺很登對，雖然求哥很遲鈍，但我覺得他很在意妳。」

「學長竟然……！欸、欸嘿嘿嘿嘿……」

朱莉好像非常開心，露出完全放鬆的笑容。儘管這種表情也很可愛，我卻覺得有些不放心。

這讓我決定坦白這麼對她說：

「不過，只要兩個人住在一起好幾個星期，這也是很正常的事情。」

「咦？」

「如果妳還想繼續跟他加深關係……就算我真的是妳的情敵，妳也千萬不能亂了手腳喔。」

我腦海中浮現那位堂姊的身影。

朱莉好像很信任她，我卻覺得她有些危險。

儘管堂姊算是親戚，在法律（註：此為日本的法律）上還是可以結婚，他們姊弟那樣無視男女之別親密接觸，我也覺得不是好事……咦？

總覺得好像有哪裡怪怪的……算了，不管這麼多了。

「朱莉，妳想跟求哥變成什麼關係？」

「咦，這個嘛……我覺得可以像現在這樣跟他同居，已經算是一種奇蹟，讓我十分幸福……」

「可是……」

我認真地看著朱莉。

朱莉也露出平時很少見到的認真眼神，緊張地倒抽了一口氣。

然後，我直截了當地這麼告訴她——

「暑假只剩下一個星期了喔。」

「……咦？」

「等到暑假結束，妳也得回家了不是嗎？」

「啊……」

「而且等到暑假結束恢復單身後，求哥說不定也會交到其他女朋友。」

「唔！」

其實我很懷疑求哥這個萬年沒有女朋友的呆頭鵝，到底有沒有辦法立刻交到。

不過，他也有可能因為失去朱莉感到寂寞，變成一個意外積極的愛情獵人。

「畢竟求哥其實很有潛力。」

「我哥哥也說過他很有女人緣！」

「早在連妳都被他澈底迷倒的時候，就可以不用懷疑這件事了。」

「就是說啊……！」

「妳不要承認得這麼乾脆啦……」

看到她癡迷成這樣，我反倒有點擔心。

唉，既然她本人不在乎，那我也無所謂了。

「朱莉，妳只需要知道一件事。」

「妳、妳說吧……！」

「如果妳還在說那種天真的話，將來一定會再次後悔。這是好不容易才抓住的機會吧？」

「嗚……！嗯！」

朱莉眼中閃爍著強而有力的光芒。

不知道自己這樣鼓勵朱莉，會讓她與求哥之間的關係有何變化，但我很期待能看到成果。

「我也會以親友代表的身分，先想好在你們結婚典禮上的致詞內容。」

「結婚典禮！」

只是稍微捉弄朱莉一下，她就睜大雙眼完全愣住，那副模樣果然很可愛，讓我難得大聲笑了出來。

我看向朱莉身後，也許是發現我們在大聲說笑，求哥一臉狐疑地看過來。

雖然覺得有些捨不得，但也不想當個電燈泡，到此為止吧。

「我要走了，朱莉。祝妳好運。」

我單方面地向腦袋當機的朱莉道別，就這樣走過剪票口。

「熱死人了。」

因為太過開心而被拋到腦後的酷暑，又再次向我襲來。

不過，朱莉的夏天只剩下一個星期，而且應該還會變得比現在更炙熱吧。

我會在遠方以摯友的身分為她加油……唉，她也有可能因為失戀而傷心，為了保險起見，還是得準備好安慰的話語呢。

後記

首先，感謝您拿起這本《借給朋友500圓，他竟然拿妹妹來抵債，我到底該如何是好2》。

我是作者としぞう。

因為這部作品的故事發生在夏天，本集寫了許多與夏天有關的事件。

剛開始寫這部作品的時候，我曾經試著在筆記本上，列出在暑假期間限定的同居生活裡，可以描寫哪些事件。

首先是一定會有的去海邊或游泳池戲水，以及夏日祭典、煙火大會與試膽遊戲等活動。

再來就是與考生有關的事件，例如校園參觀活動、暑期補習班與模擬考。

還有雖然不是事件，卻與夏天息息相關的事物，例如風鈴、西瓜、刨冰、向日葵、積雨雲與颱風等等。

因為發現這些東西根本列舉不完，我再次體認到夏天是個很值得描寫的季節。

就是從這麼多與「夏天」有關的事物中，找出能讓求、朱莉、昴與結愛，還有從本集開始正式參戰的小璃發光發熱的題材，然後慢慢構思整個故事──

……不過，其實我是在寒冬中寫出這個故事，所以完全沒有夏天的感覺！實在冷死人了！

儘管這樣說有點像是在抱怨，其實這也不完全是件壞事，在冬天思考「夏天」的事情，反倒覺得很有趣。

正因為不存在於眼前，我才得長時間思考，拚命想起對方的樣子……這簡直就跟談戀愛一樣嘛（啥）！

這本書會在春天上市（註：本篇後記提到的時間皆為日本的發售狀況），各位讀者拿到本書的時間應該也都不同，如果這部作品能讓大家感受到「夏天的風情」，就是我最開心的事情了。

當然，因為這部作品號稱是「從500圓開始的夏季戀愛喜劇」，所以還得先讓大家充分享受到戀愛喜劇的樂趣才行（我這個人比較貪心）！！

接著是宣傳時間。關於《500圓抵債（本作的正式簡稱）》這部作品，改編漫畫目前也正在「電擊COMIC REGULUS」這個網站上連載。

金子こがね老師把朱莉與求的故事，畫成了精彩的漫畫。

而且改編漫畫的第一集已經在本書發售前幾天的三月二十六日上市了！天啊！這真是太巧了呢！！

衷心希望各位也能考慮購買精彩的改編漫畫！

回到正題，這本書得以順利出版，都是多虧了許多人士的幫忙。

首先要感謝從第一集就負責繪製插畫的雪子老師。您這次也完成了出色的插圖，實在不勝感激！

還要感謝負責繪製改編漫畫的金子こがね老師。我自己也很期待看到您繪製的改編漫畫。您運用只有漫畫才能辦到的表現方式與優勢，完成了極富魅力的作品……真的萬分感激！

當然還要感謝Fami通文庫編輯部、責編大人與「電擊COMIC REGULUS」編輯部的所有人，以及負責美術設計與印刷的所有相關人士。真的非常感謝各位鼎力相助！！

最後，要感謝所有購買第一集的讀者。各位的大恩大德，實在感激不盡。

因為大家願意買書，這一集才得以問世。而大家願意購買這一集，也可能讓第三集得以問世。

雖然寫下這篇後記的時候，還無從得知未來的事情，但我今後也會繼續努力，讓大家都能期待看到這部作品。

好像不小心寫了太多，這也是沒辦法的事！就是這樣，以上這些內容就是本書的後記了。

衷心希望還能在後記裡與大家閒聊，我也會順便思考第三集該寫些什麼內容。

那我們就下次再見吧！

今後也要請大家多多指教了！！

としぞう

女孩子穿
泳裝的模樣
最棒了！！
在故事中
沒機會出場的
小璃泳裝造型。

位於戀愛光譜極端的我們 1~5 待續

Kadokawa Fantastic Novels

作者：長岡マキ子　插畫：magako

手牽著手走在路上。
光是這樣就讓人內心充滿溫暖。

這次將獻上高中生活最大的樂趣——校外教學！經歷了無法如意的人際關係、充滿煎熬的思念之情與許多歡笑的時刻後，大家都逐漸成長。龍斗當然也是——「爸爸、媽媽。謝謝你們生下我。加島龍斗，十七歲，即將登大人啦！」呃……咦？怎麼回事？

各 NT$220~250/HK$73~83

一點都不想相親的我設下高門檻條件，結果同班同學成了婚約對象!? 1~4 待續

Kadokawa Fantastic Novels

作者：櫻木櫻　插畫：clear

「我們結婚吧，愛理沙。我絕對會讓妳幸福的。」
假戲成真的甜蜜戀愛喜劇，獻上第四幕。

由弦與愛理沙的假婚約成真了，兩人的距離伴隨甜蜜的時光中漸漸縮短。愛理沙卻體會到雙方的家世差距及價值觀差異，開始懷疑自己是否夠格當由弦的未婚妻而湧現不安。擔心兩人進展的祖父為他們安排了溫泉旅行，由弦和愛理沙於是一同前往，然而……

各 **NT$220~250/HK$73~83**

國家圖書館出版品預行編目資料

借給朋友500圓,他竟然拿妹妹來抵債,我到底該如何是好/としぞう作；廖文斌譯. -- 初版. -- 臺北市：臺灣角川股份有限公司, 2023.07-
冊； 公分. -- (Kadokawa fantastic novels)
譯自：友人に500円貸したら借金のカタに妹をよこしてきたのだけれど、俺は一体どうすればいいんだろう
ISBN 978-626-352-697-6(第2冊：平裝)

861.57 112007621

Kadokawa
Fantastic
Novels

借給朋友500圓，他竟然拿妹妹來抵債，我到底該如何是好 2

（原著名：友人に500円貸したら借金のカタに妹をよこしてきたのだけれど、
俺は一体どうすればいいんだろう 2）

2023年7月5日　初版第1刷發行

作　者：としぞう
插　畫：雪子
譯　者：廖文斌

發行人：岩崎剛人
總編輯：蔡佩芬
編　輯：楊芃青
美術設計：洪晨萱
印　務：李明修（主任）、張加恩（主任）、張凱棋

發行所：台灣角川股份有限公司
地　址：104台北市中山區松江路223號3樓
電　話：（02）2515-3000
傳　真：（02）2515-0033
網　址：www.kadokawa.com.tw
劃撥帳戶：台灣角川股份有限公司
劃撥帳號：19487412
法律顧問：有澤法律事務所
製　版：巨茂科技印刷有限公司
ＩＳＢＮ：978-626-352-697-6